Barbera

W0014947

Bon Rétablissement !

Du même auteur

Attention Fragiles – Éditions du Seuil, 2000
Le ciel est immense – Le Relié, 2002
Une poignée d'argile – Éditions Thierry Magnier, 2003
La théorie du chien perché – Éditions Thierry Magnier, 2003
Le quatrième soupirail – Éditions Thierry Magnier, 2004
Un simple viol – Éditions Grasset, 2004
Les encombrants – Éditions Thierry Magnier, 2007
Et tu te soumettras à la loi de ton père – Éditions Thierry Magnier, 2008
La tête en friche – La brune, Rouergue, 2008
Il ne fait jamais noir en ville – Éditions Thierry Magnier, 2010
Vivement l'avenir – La brune, Rouergue, 2010
Trente-six chandelles – La brune, Rouergue, 2014

Graphisme de couverture : Olivier Douzou
Photographie de couverture : ©Thibault Grabherr

© Éditions du Rouergue, 2012
www.lerouergue.com

Marie-Sabine Roger

bʀ

Bon Rétablissement !

la brune au rouergue

Sans me vanter, vers les six ou sept ans, j'avais déjà tâté pas mal de choses, pour ce qui est des délits interdits par la loi. Vol à l'arraché, viol, extorsion de fonds…

Question viol, j'avais roulé une pelle à Marie-José Blanc. Elle serrait les dents, je n'étais pas allé loin. C'est l'intention qui compte.

Le vol à l'arraché, c'était le samedi après le match de rugby : je taxais le goûter des plus petits que moi. Je les baffais, peinard, au chaud dans les vestiaires. J'en épargnais un, quelquefois. J'ai un côté Robin des Bois.

Pour l'extorsion, demandez à mon frère. Il me citait toujours comme exemple pourri à ses gamins, quand ils étaient petits, Devenez pas comme votre oncle, ou vous aurez affaire à moi. Pour ma défense, je dirais que s'il n'avait rien eu à se reprocher, il n'aurait pas raqué toute sa tirelire. Pour faire chanter les gens, il faut une partition.

On m'appelait « la Terreur ». Je trouvais ça génial.
Je me sentais promis à un grand avenir.

À l'époque, dans la maison, on était cinq et des poussières : mes parents, mon frangin et moi, pépé Jean, feu mémé Ginou.

Mes grands-parents paternels étaient morts bêtement, lorsque mon père avait huit ans, pour un refus de priorité causé par ma grand-mère, qui ne voyait pas trop l'utilité des stops.

Mon père avait été élevé par ses grands-parents du côté de sa mère : pépé Jean, encore très présent à l'époque dont je vous parle, et feu mémé Ginou, dans son urne, au garage.

J'avais du mal à me représenter ce qu'il avait pu ressentir, en rentrant de l'école, le jour de l'accident, lorsqu'il avait compris que ses parents n'allaient pas revenir. Sur le moment, il s'était peut-être dit qu'il pourrait enfin vivre en toute liberté : plus de claquage de beignet à la moindre bêtise. Tranquille.

Tranquille, oui.

Mais à l'entendre parler de ses années d'enfance, je sentais bien que certaines tranquillités foutent une vie en l'air plus sûrement que pas mal de contraintes. Du coup, ça ne me tentait pas, devenir orphelin. Je tenais à mes parents, même si c'était des parents, avec tous les défauts que ça peut sous-entendre, question autorité et interdictions. Je tenais à mon père, surtout. Je le trouvais balèze, pas seulement pour ses biceps plus épais que des cuisses. Il était fort, vraiment. Droit planté dans ses bottes. Riche de convictions, à défaut d'autre chose. Un gueulard, un sanguin, mais qui trempait ses mouchoirs aux mariages, aux baptêmes, appelait ma mère Mon p'tit bouchon d'amour, en se foutant pas mal du ridicule, et n'avait jamais peur de lui dire Je t'aime.

L'homme que j'aurais sûrement bien aimé devenir.

Tout petit déjà, je sentais ce pouvoir qu'il avait sur les gens, dans le ton particulier qu'ils prenaient pour me dire :

– Ah, ton père ! Ton père !... C'est quelqu'un !

Il était tellement *quelqu'un* que, devant lui, je me sentais personne.

Moi, j'aurais préféré un père plus ordinaire. J'aurais eu moins de mal à prendre mon envol.

Le pire, dans tout ça, c'est que j'étais *l'aîné*, je portais l'étendard. Mon frère s'élevait tout seul sans emmerder personne, bienheureux qu'il était. C'était le benjamin, le deuxième arrivé. Le Poulidor de l'hérédité.

Moi, j'étais celui sur qui reposaient les espoirs.

Je me souviens encore du regard des voisins, des cousins et des autres. De ce regard en pente qui glissait tristement de mon-père-ce-héros à ce petit morveux, capricieux et fouteur de merde. Leur expression incrédule, attristée, qui disait en silence :

– Mais comment ça se peut-il ? Un type comme lui, faire un gamin pareil !

J'avais dû comprendre très jeune que le modèle serait inatteignable et que pour exister il faudrait d'autres voies.

Je m'appliquais à être le plus chiant possible, et le plus inventif en matière de conneries. Par malheur, je n'étais pas fourni en vice véritable : sous mes airs de gangster, je n'étais qu'un gentil.

J'aurais voulu être un maffieux, un vrai méchant, une crapule. Je n'étais qu'un gratte-cul. Un petit crétin sans envergure.

Et mon père, pour tout arranger, disait de moi, en me posant sa patte sur l'épaule :

– C'est un vrai bourricot, mais un brave gamin. Moi, je suis sûr qu'il ira loin quand même…

C'était une façon de montrer sa confiance, sans doute.

Mais ce « quand même » là sonnait à mes oreilles comme le pire des *malgré tout*.

Depuis, l'eau a coulé sous les ponts. Et, si je n'ai pas coulé récemment avec elle, on peut dire que j'ai failli. On m'a repêché in extremis, il y a quelques jours, au milieu de la Seine.

Pour être plus précis, à deux mètres du bord, ce qui est bien suffisant pour sombrer dans la vase avant de remonter des semaines plus tard, tout mou et tout spongieux comme les bouts de pain qu'on balance aux canards.

On m'a vidé les bronches, plâtré ici et là. J'avais dû ricocher sur la pile du pont. Suicide raté, soirée trop arrosée, agression ? On se perdait en conjectures.

Moi, j'étais comateux, et donc sans opinion.

Je me suis réveillé en réanimation, polytraumatisé, ce qui ne manque pas de panache, et veillé par un flic qui avait l'air soucieux. Le genre de petit gars que mon père aurait pu épargner, même un jour de fureur sociale. Un tout jeune, avec une bonne tête, de grands yeux d'antilope triste, et une barbe de deux jours qui devait dater de plusieurs mois.

Il semblait tout intimidé. Mon charisme, bien sûr. Mais les drains, le masque à gaz et tout leur grand foutoir pour me monitorer y étaient peut-être aussi pour quelque chose.

Le flicaillon avait la trente-cinquaine juvénile, un blouson de cuir noir et un vieux calepin de la même couleur avec une tête de Chewbacca imprimée sur la tranche. Il aurait pu être mon fils, si je m'étais bouturé.

Quand j'ai ouvert les yeux, je l'ai fait comme un noyé qui reprendrait son souffle dans un brusque appel d'air. Mais noyé, je l'avais été, ou quasiment, ceci explique sans doute cela.

Je me suis demandé ce que je faisais là, avec une vague angoisse sur fond d'anesthésie et la sensation déplaisante de ne plus bien savoir où étaient mes contours. Une part de mon esprit galopait en tout sens, affolé, pour faire l'état des lieux, Où est-ce que je suis, putain ? Est-ce que je suis entier ? Est-ce que je peux bouger ?

L'autre part ne pouvait se détacher du visage de ce type inconnu, penché au-dessus de moi, trop proche, qui me parlait si bas que je n'entendais presque rien. Ses mots semblaient remonter de très loin, sa voix était étrange, beaucoup trop lente.

J'ai fini par saisir, au vol :

– ... auriez une idée de ce qui vous est arrivé ? Parce que nous, au niveau de l'enquête, pour l'instant, on piétine...

Il a ajouté, en considérant le masque à oxygène :

– Répondez oui ou non, ça suffira pour le moment. Vous vous souvenez de ce qui s'est passé ?

J'ai vaguement bougé la tête, à peine, juste assez pour faire tourner le plafond et tanguer le matelas. Désolé. Je ne savais pas du tout comment j'en étais là.

Il m'a posé une autre question, qui a mis du temps à se frayer un chemin. Avant de refermer les yeux, j'ai fait signe que non. Non : je n'avais pas tenté de mettre fin à mes jours.

Je ne suis pas suicidaire.

Le temps fera l'affaire.

Aux dernières estimations, je suis là depuis huit jours. Je n'ai pas vu passer le temps.

Je l'ai bien senti passer, par contre.

Je dors trop le jour, très mal la nuit, je suis abruti par des drogues diverses, par l'inactivité, tout se confond dans une même grisaille, lundi, mardi, mercredi. Je ne me souviens pas du plongeon, rien à faire. Pas plus que de mon repêchage, ni de mon arrivée ici.

Il paraît qu'on m'a sédaté parce que j'étais agité et confus.

Pas confus dans le sens de navré, je ne suis jamais navré quand j'emmerde les autres.

Non, *confus*, c'est-à-dire embrouillé, nébuleux.

On m'a mis hors d'état de penser, de bouger, de me nuire et de compliquer le travail de l'équipe soignante. Avantage : j'ai passé quelques jours dans le brouillard – la biture du siècle – avec la sensation de me réveiller toutes les cinq minutes et de me rendormir une dizaine d'heures entre chaque réveil, et sans trop de douleurs.

Je me sens beaucoup plus fracassé, à présent. J'ai mal.

Et quand je n'ai plus mal, j'ai quand même l'impression d'*être* une courbature.

On m'a ouvert ici et là pour réduire quelques fractures, rafistoler tout le bric-à-brac. Je porte plus de broches et de quincailleries qu'une vieille bourgeoise. Ma carte d'identité, c'est le tas de radios que les toubibs, mon chirurgien en tête, étudient d'un air satisfait, épine et aile iliaque, branche ischio-pubienne, col fémoral, fémur, tibia et péroné.

Pas question de bouger, interdiction formelle.

Moi qui suis du genre toupie, à tourner et tourner sur moi-même pour trouver le sommeil, me voilà contraint de rester complètement immobile et, pour ne rien arranger, sur le dos.

Ça me fait des nuits longues comme des cours de philo.

J'expérimente la vie à l'hôpital. On m'en avait parlé, je constate par moi-même.

À peine admis ici, on a tout de suite envie de repartir chez soi, comme les chiens qui tirent sur la laisse pour faire demi-tour quand ils arrivent chez le vétérinaire. Je me sens clébard, la croupe basse et le poil terni.

Je veux ma gamelle, ma couverture, mon os à mâcher, mon panier.

Je veux rentrer.

En plus, je ne supporte pas les odeurs d'hôpital.

Ça ne sent pas le propre, ça sent le désinfectant, les produits de nettoyage aux parfums hypocrites pour masquer les sanies, les oublis, les accidents de lit, les petites horreurs.

Ça ne sent pas la cuisine – le pot-au-feu mijoté – ça sent la bouffe de cantine. Même le café n'a pas la bonne odeur. Son fumet rase les murs comme un traître dans l'ombre, s'insinue dans le couloir, les chambres, pas net, pas franc, sournois. Et dans la tasse, il avoue clairement sa faiblesse, c'est un noir délayé, un vague pipi d'âne, réchauffé, décevant.

Quant aux tisanes, pas le choix : l'abominable camomille.

Les journées commencent tôt, six heures du matin, ce qui laisse du temps pour déprimer, ensuite. L'infirmière du matin pousse la porte d'un grand coup, comme un cow-boy entrant dans un saloon, allume le plafonnier qui me brûle les yeux, clame Bonjouuuur ! d'une voix trop puissante pour mes oreilles ensommeillées et, sans attendre de savoir si je suis réveillé (mais je le suis, merci), elle contrôle ma tension et ma température.

J'ai droit à deux cachets blancs dont je ne connais ni le nom ni le rôle, puis elle complète le tableau accroché au pied de mon lit, éteint enfin le néon incendiaire, et sort – sans refermer la porte – en me souhaitant une bonne journée, mais sans aucune ironie de sa part.

Ensuite une des dames de service, toujours de bonne humeur, apporte le petit-déjeuner, deux biscottes sous cellophane, une compote neurasthénique, une dosette de confiture qui n'a pas dû croiser beaucoup de vrais fruits dans sa vie et un yaourt nature.

Invariablement, même si elle m'a déjà vu la veille ou l'avant-veille, elle demande :

– Qu'est-ce qu'il voudra, ce monsieur, ce matin ?...

Sortir d'ici, bon Dieu, sortir !

– ... du café, du thé, du lait ?

Elle ouvre les persiennes, tapote mon oreiller, pose le plateau un peu trop loin, ce qui m'oblige à des contorsions douloureuses interdites par mon chirurgien.

Puis la journée commence, avec son compte d'heures dix fois supérieur aux journées du dehors. La porte ouverte me permet de voir passer les gens, ce qui m'indiffère, et leur permet de me voir aussi, ce qui m'exaspère.

J'ai renoncé à la télé. Je crois que les programmes sont conçus, en haut lieu, pour libérer les lits dans les chambres d'hôpitaux et régler la question des retraites trop longues. Les séries policières européennes trépidantes, les jeux de lettres exaltants et les travaux de l'Assemblée nationale, ça peut accélérer de façon efficace le glissement des personnes âgées et pousser les malades à arracher leur perf'.

Je ne regarde que les infos, qui mettent si bien l'accent sur les bonnes nouvelles – guerre, pollution, tsunamis, petits vieux agressés par de jeunes voyous, dépression de l'enfant et cancer du fumeur – dans un louable effort de pensée positive.

Ou bien je mate un film, le soir, mais rarement.

Tout le reste du temps, j'ai du temps devant moi. Conséquence directe : je pense.

Penser est une occupation malsaine que je préfère éviter, dans la plupart des cas. D'autant qu'ici, faute d'échappatoire, mes réflexions tournent autour de mon nombril comme un hamster flippé court autour du moyeu de sa roue. Moi, *moi*, ma vie, mon œuvre.

Parcours et trajectoire, état des lieux.

Bilan. Rien que le mot donne envie de gerber.

« Bilan », ça sent la faillite comptable.

Le repas de midi est à 11 heures 30, et le repas du soir à 18 heures 20.

Ma chambre étant située à la fin du couloir, je mange tiède ou froid, tout est fonction de la célérité et de la longueur des jambes de la dame de service. Comme la plupart d'entre elles sont malgaches, j'y gagne beaucoup en gentillesse, j'y perds beaucoup en calories.

J'ai demandé l'autre jour à une des infirmières pourquoi on ne décalait pas tous les repas d'une heure ou deux. Elle m'a expliqué que c'était parce que le personnel de nuit s'occupait également du petit déjeuner avant le changement de poste et que « si on décalait, ça décalerait tout ». J'ai répondu que soit ! mais que, dans ce cas, le personnel de nuit pourrait prendre en charge le repas du soir, qui incombe au personnel de jour – qui lui-même gèrerait le petit déjeuner – et que finalement, si je calculais bien, la charge de travail ne serait changée pour personne.

Pour toute réponse, elle m'a mis le thermomètre dans l'oreille, ce qui est un procédé auquel j'ai eu du mal à me faire au début.

Dans le service, je suis le « repêché de la Seine ».

L'actualité devait être indigente, on a un peu parlé de moi dans les journaux du coin.

Il n'en fallait pas plus pour me bricoler une aura de mystère que j'essaie laborieusement d'entretenir, ce qui n'est pas gagné. Je trouve même assez méritant de ma part de vouloir rester énigmatique, quand j'en suis réduit à me faire torcher le cul comme un gros nourrisson et que le corps médical tout entier, quel que soit son emploi ou son grade, exige de savoir si je pisse comme il faut – et le reste – avant même de me dire bonjour.

C'est d'ailleurs étonnant, ce genre de rapports. Pas un jour sans qu'on me demande – avec un intérêt qui ne semble pas feint – si j'ai fait mes gaz ce matin. Pour autant, j'ai l'intuition qu'il serait indécent de ma part de répondre :

– Oui, merci bien, et vous ?

Halte là.

Qu'on ne mélange pas les torchons aux serviettes.

Le patient, c'est moi.

Et c'est vrai qu'il me faut une sacrée patience pour supporter cette inactivité, l'inconfort dû aux plâtres, la chaleur étouffante qui règne dans la chambre, le manque d'intimité.

Bref, pour l'heure, je me sens diminué. J'ai l'impression de n'être, aux yeux du monde, qu'une vessie à vider et du météorisme, des fractures et des drains.

Sans compter cette curieuse façon de s'adresser à moi :

– Comment il va, ce monsieur ?

Je me mords la langue pour ne pas répondre :

– Il va bien, il vous remercie.

« Il » a un nom et un prénom, et même tout un état-civil, si ça intéresse quelqu'un.

Jean-Pierre Fabre, veuf, sans enfants, retraité, né le 4 octobre 1945, le même jour que la Sécurité sociale – ce qui explique peut-être le déficit constant de mon budget – à Perpignan, de Robert Fabre, cheminot, né le 17 novembre 1922 à Marseille et de Odette Augier, sans emploi, née le 25 juin 1924 à Avignon.

C'est le bassin qui est fêlé.

Pour la tête, ça va.

L'hôpital a prévenu mon frère Hervé, le matin qui a suivi mon admission ici. Pas par souci de rapprochement familial, pour questions administratives.

Ses coordonnées étaient dans mon portefeuille, et j'en suis encore étonné.

Quand on m'a accordé le droit aux visites, comme on donne le parloir aux taulards méritants, une semaine plus tard, le temps de me « monter en chirurgie orthopédique », je l'ai vu arriver en sueur, époumoné par les clopes, le stress, les escaliers. C'est un angoissé de la vie, mon frangin. Toujours inquiet pour lui, effondré pour les autres.

En me voyant, il a fait Oh la laaaaaa ! d'un air désespéré.

Je lui ai répondu Tout va bien...

Il m'a examiné d'un regard mitigé, visiblement pas très optimiste.

Il faut dire que l'hôpital, ça fait considérer la vie sous d'autres perspectives. Des perspectives pas très bandantes telles que la souffrance, l'agonie ou la mort, qui mettent mal à l'aise, en principe. Sauf peut-être les médecins légistes, qui doivent s'exciter comme des frénétiques et jouir discrètement dans les angles de murs lorsqu'ils traversent en fraude le service réa.

Je lui ai montré la chaise.

Il s'est assis en s'épongeant le front, on a commencé par se taire, ensuite on a évacué en deux phrases les circonstances de l'accident, sur lesquelles j'étais assez flou, et la durée de mon séjour ici, que j'ignorais encore.

Puis, pour me changer les idées, il m'a raconté ses soucis conjugaux.

Mon frère et sa femme Claudine ne partagent plus grand-chose. Un vieux couple de vieilles bêtes, chacun penche de son côté. Il souffre de colites parce qu'elle le fait chier. Elle a des céphalées parce qu'il lui prend la tête. En plus, elle devient sourde, ce qui va la priver du sel de l'existence : son feuilleton du matin. Mais en contrepartie, elle ne l'entendra plus ni tousser ni se plaindre. Toujours, en toute chose, se montrer positif.

Ils me font penser à ce que nous étions, Annie et moi, même si je l'aimais, avant qu'elle prenne la tangente. Je connais ça, je connais très bien, le joug du quotidien qui maintient l'attelage, empêche de se séparer, peut-être également de se casser la gueule.

Hervé a fini par soupirer :

– Tu ne sais pas la chance que tu as, tu n'es pas emmerdé, toi, au moins !

Il m'a considéré sur mon lit de souffrance, s'est souvenu que j'étais veuf, et a réalisé ce qu'il venait de dire.

Pour faire diversion, il m'a parlé de son fils, qui fait le bénévole dans l'humanitaire en Haïti – chacun sa croix – et de ma nièce et de son mari, que j'ai eu le bonheur de ne pas trop fréquenter. Je n'ai rien à leur reprocher, et j'en suis désolé. Je les trouve polis, étroits, sans imagination. Honnêtes, comme lui. Je tiens de pépé Jean, mon arrière-grand-père, une saine aversion pour les liens familiaux et autres apostolats. Par contre – est-ce l'âge ? un ramollissement ? – leur fils, mon petit-neveu Jérémy, me paraît débrouillard et plutôt sympathique. Il m'a montré comment télécharger des films piratés et, rien que pour cela, je le tiens en haute estime.

À la fin de sa visite, j'ai confié à Hervé les clefs de mon appartement.

– Tu crois que tu pourrais aller me chercher deux-trois bricoles à la maison, tant que tu es dans le secteur ? Je voudrais surtout mon ordinateur, et mes affaires de toilette. Et un peu de linge, si tu peux.

C'est un garçon serviable, il m'a tout rapporté le soir même.

Comme il n'osait pas repartir aussitôt, il est resté là un moment, ne sachant que faire ni que dire, reconsidérant d'un air soucieux tous les tuyaux qui me sortaient du corps, dont il avait pourtant fait l'inventaire le matin.

– Je sais, ça fait usine à gaz, j'ai dit.

Il a approuvé, sans rien dire. Il est allé contempler par la fenêtre l'allée où des malades en pyjamas devaient promener leurs potences et des flacons remplis de fluides incertains. Il a ouvert mon placard, déplacé un fauteuil, apprécié la taille de la chambre, Tu as du bol, elle est vachement grande, mais c'est normal, il y a deux lits. Il a jeté un coup d'œil au cabinet de toilette, en me faisant l'article comme si j'envisageais de signer pour l'achat.

– C'est pas mal, dis-donc ! Lavabo, douche, WC...

– C'est tendance, pour les salles de bains, j'ai dit.

– Heu, ben, oui. D'ailleurs, tant que j'y suis, en parlant de toilettes...

Enfin, il m'a fait remarquer qu'on crevait de chaleur dans les chambres d'hôpitaux. J'ai répondu que c'était prévu pour, vu que les gens qui sont ici – les malades en tout cas – sont la plupart du temps un petit peu fragiles. Il en a convenu.

Il y a eu un silence.

Il a dit :

– Bon, ben...

Le dialogue est depuis longtemps en soins palliatifs, entre nous.

J'ai fini par lancer, pour le sauver du naufrage :

– C'est bête, j'ai complètement oublié de te demander de me rapporter des livres !

– Ah... Bon, ben, j'irai chez toi la semaine prochaine alors, quand je repasserai te voir avec Claudine. Tu me feras une liste, si tu sais à peu près.

– Oh, ce que tu trouveras sur ma table de chevet, ça ira bien, merci.

– Bon, ben...

Il devait se maudire de ne pas avoir le courage de fuir à toutes jambes. J'ai préféré abréger ses souffrances. J'ai fait semblant de bâiller discrètement. J'ai dit d'une voix faible :

– Tu ne m'en voudras pas, mais je perds un peu mes oies. Je vais dormir deux minutes.

Il a sauté sur le prétexte :

– Eh ben oui, tiens, tu es fatigué, bien sûr, c'est bien normal. Bon, ben... j'y vais alors ?

On s'est embrassés.

Arrivé à la porte, juste avant de partir, il m'a fait ses bons yeux de saint-bernard bourru.

– Quand même !... Tu es dans un drôle d'état !

– C'est plus impressionnant que grave, à ce qu'il semblerait.

– Tu parles, tu vas en avoir pour des mois de kiné !

– Oh, des mois, peut-être pas...

– Bah, tu plaisantes ou quoi ? On ne se remet pas d'un truc pareil en trois semaines ! Surtout pas à ton âge !... Bon, ben, allez, je te laisse dormir, tu as vraiment une sale mine.

J'ai dit Merci beaucoup, content de t'avoir vu.

Je l'aime bien, au fond, mon petit frère. Il est gentil, c'est sûr.

Mais par contre, il est franc.

Chaque fois que mon frère repart, ça me laisse un sentiment de mauvaise conscience, et je m'en veux de m'en vouloir. J'apprécie ses efforts pour me rendre service. Je ferais la même chose pour lui, et je sais qu'il n'en doute pas. Le devoir familial n'est pas fait pour les chiens. Seulement, quatre ans d'écart, ça ne nous a pas permis de créer de vrais liens, c'est ainsi.

Mis à part nos parents, on n'a rien en commun.

J'étais chez les grands du primaire lorsqu'il est entré au cours préparatoire avec ses gros genoux plein de bleus et de croûtes, et ses petites cuisses qui nageaient dans le short. Je partais pour le lycée, le jour où il a poussé pour la première fois les grilles du collège.

Pour moi, il a toujours été le *petit*.

Petit con, petit emmerdeur, petit crétin cafteur, petit merdeux.

Petit frère.

Vivante trahison de mes parents, qui avaient jugé bon de le fabriquer sans penser à me consulter, alors qu'ils m'avaient, *moi*, et que ça aurait dû suffire à faire leur bonheur.

Qui dira la douleur des frères et sœurs aînés, contraints de partager les Carambar, les épaules du père, les bisous de la mère, la banquette arrière de la bagnole, la trottinette et le vélo ? Qui dira à quel point c'est frustrant de devenir, du jour au lendemain, ou presque, et sans l'avoir voulu, celui qui doit donner *le bon exemple* ?

Pourtant, j'ai pris mon rôle à cœur, Hervé peut témoigner. J'ai tout fait pour lui apprendre la vie, la vraie, à coups de croche-pattes, de trahisons et de poil à gratter. Grâce à moi son enfance a été un très long bizutage.

J'étais le grand frère insupportable.

Je suis le vieux frère impénétrable.

Vu notre âge, c'est pour la vie, désormais, je le crains.

J'étais en train de répondre à un mail, bien mal installé à plat dos, le portable sur la table roulante, l'écran orienté pour le mieux, les lunettes descendues sur le bout de mon nez, avec ma tête de vieux prof – ce qui est le comble pour un ancien cancre – quand une des agents d'entretien qui passait la serpillière autour des pieds du lit depuis un bon quart d'heure a fini par lancer, moqueuse :

– Vous écrivez votre vie ?

J'ai souri.

J'ai toujours trouvé ça curieux, d'écrire *ses mémoires*. Ça a un petit côté pathétique. On fait son propre éloge funèbre, comme si on se regrettait déjà et parce qu'on n'est jamais si bien servi que par soi-même. Avant de quitter les lieux, on fait briller ce qu'on peut, on enlève la poussière, on cache la merde au chat.

Pourtant, en y repensant, je me suis dit que ce serait une occupation comme une autre.

Après tout, pourquoi pas ?

Du coup, j'ai décidé de faire le point sur ce que j'ai retenu de ma vie. Je suis un méthodique. Je me récapitule. Et même si le résultat n'intéresse personne – à commencer par moi, car je ne suis pas certain de vouloir me relire – je m'applique. Je vais jusqu'à prendre des notes sur mon ordi, dans une sorte de paléontologie personnelle et intime, format tableau Excel. Vieux réflexe de travail. Une vie de logistique, ça ne pardonne pas.

J'ai négocié le fait d'avoir toujours mon portable branché à portée de la main sur une table roulante transformée en pupitre. Autant je peux gueuler pour qu'on ferme la porte, autant je deviens doux et charmeur, s'il le faut, pour qu'on laisse mon clavier près de moi.

C'est la nécessité qui fait le diplomate.

Plongé dans mes lointaines strates, me voici revenu à six ans et des prunes, quand je m'intéressais aux chaffeaux, le sujet récurrent, chez nous, cette année-là.

Je m'étais longtemps posé la question de savoir ce qu'étaient ces fameux « chaffeaux » dont on me rebattait les oreilles. Pour être honnête, au début, je pensais à des arbres. De gros arbres noueux. Des arbres à singes ou à panthères.

Ou peut-être bien des sommets montagneux, pourquoi pas ?

Ou peut-être bien je savais pas.

Mais pour y avoir mûrement réfléchi, j'avais fini par aboutir à une certitude : il s'agissait de bateaux maritimes. Pas des barques à fond plat, des canots de rivière, ou de piètres youyous. Des vrais bateaux. Des gros. De ceux qui affrontent comme qui rigole les tempêtes et les ouragans et se paient la gueule de l'Atlantique, du Pacifique, et de toutes les mers en *ique* qu'on appelle des océans. Le mystère étant résolu, la seule question qui me travaillait, depuis, était de savoir dans quel port on y embarquait. Et si on me prendrait, si on voudrait de moi. Mais *ça*, finalement, j'en faisais mon affaire. Je faisais toujours mon affaire de tout.

J'avais six ans et toutes mes dents de lait, je connaissais la vie.

On me prendrait, c'est tout.

C'était sûrement des navires de guerre, en tout cas, vu l'effet destructeur que provoquait leur nom lancé dans le séjour. Ma mère poussait un cri, touchait du bois rond et non vernis. Un pied de table ou de chaise, en principe. Mon père devenait violet, soufflait d'une voix cintrée au niveau de la glotte :

– Bon sang, mais c'est pas vrai !

Ça commençait toujours pour des riens, en tout cas pour des pas grand-chose.

Ça commençait toujours par pépé Jean, surtout.

Pépé Jean, mon arrière-grand-père, qui dépensait sa vie à côté de la fenêtre et de la TSF, sur son fauteuil en cuir qui empestait la bière pour cause de tremblotte, d'où il pouvait mater la pendule à moitié, notre rue aux trois quarts, et mes parents en plein, quand ils étaient à table. Pépé Jean, qui écoutait *Signé Furax* dans un silence de chapelle, chaque jour, juste après 13 heures, sur le gros Pathé 507.

Mon pépé, main de fer dans un gant abrasif.

J'étais de loin son sujet préféré. Il aimait m'aborder en fin d'après-midi. Il se raclait la gorge, il toussotait, Hum hum ! – la séance est ouverte – puis se mettait à marmonner tout seul.

– Qu'est-ce que tu dis, pépé ? lançait mon père au bout de cinq minutes, sans même lever la tête, tout en continuant à faire ses mots croisés.

Pépé Jean prenait un bol d'air, histoire d'arriver jusqu'au bout de sa phrase, et répondait en pointillés, parce qu'il calait souvent au beau milieu des mots :

– Votre ga-amin, c'est un che-e-napan !

– Alleeez, pépé... ! soupirait mon père.

– M'en fous-hou si ça ne vous plaî-aît pas. Ce gosse est un vau-aurien !

Il me fixait de ses petits yeux noirs, qui coulaient sans arrêt comme ceux d'un chien malade, et touillait avec sa langue pour recaler son dentier. Je lui faisais des grimaces horribles, le dos tourné à mes parents, pour qui la politesse dûe aux anciens était une valeur sûre, et la gifle, un moyen de la faire respecter.

Pépé concluait, en me menaçant de sa canne :

– Tu-u fi-i-niras sur l'é-é-chafaud !

Mon père malaxait sa serviette, la jetait sur la table.

Parfois, d'énervement, il cassait entre ses doigts son crayon à papier avec la gomme au bout.

Ma mère jurait que ça finirait par nous porter malheur.

Moi, je comprenais qu'elle s'inquiète : la pensée de me voir monter un jour sur un de ces chaffeaux où de vrais hommes comme moi s'enrôlent à la guerre pour tuer les ennemis, ça devait lui faire peur. Elle craignait pour ma vie.

Normal, pour une mère.

Hélas, mon père disait invariablement, dans un gros rire blessant :

– T'en fais donc pas, mon 'Tit bouchon ! Il n'ira pas sur l'échafaud, ton fils ! Bien sûr que non, qu'il n'ira pas ! Ça risque pas !

Il ne croyait pas en moi.

Et ça, je peux le dire, *ça*, c'est dur, pour un môme.

L'inspecteur frappe toujours discrètement à la porte, même lorsqu'elle est ouverte, c'est-à-dire la plupart du temps. Il entre, dit bonjour, me demande :

– Je ne vous dérange pas trop ?

Si je lui réponds que j'allais justement sortir, ça le fait rire.

Son enquête n'avance pas bien vite, je crois. En tout cas, il n'en parle pas.

Il discute du temps qu'il fait, de ce que je suis en train de lire. De l'écriture de *mes mémoires*. Ça le fascine, de me voir constamment branché sur mon notebook.

Mais *pourquoi* est-ce qu'il vient, je ne sais pas.

Il s'appelle Maxime. Il m'a dit son nom de famille, mais l'a éludé de lui-même, aussitôt :

– Appelez-moi Maxime.

– Et moi Chateaubriand. Ou Jean-Pierre, j'ai dit.

Il se marre. Il connait ses auteurs. Il m'appelle quand même Monsieur Fabre. Je laisse faire.

Un zeste de respect ne nuit pas aux rapports, qu'ils soient humains ou de police.

Je le soupçonne d'avoir pitié de moi et de faire sa visite de charité au fracassé de la chambre 28 quand il a un moment de libre ou des courses à faire dans le coin.

Ou alors il s'emmerde.

Ou bien il drague une blouse blanche. Il paraît qu'elles n'ont rien, dessous.

J'ai beau me démonter le cou jusqu'à risquer une hernie cervicale, je n'ai pas encore aperçu de quoi étayer la rumeur.

Patience.

J'ai remarqué que sa présence à mon chevet collait du rose aux joues des aides-soignantes stagiaires. Je compte bien en tirer de menus avantages, la sympathie qu'il leur inspire rejaillissant un peu sur moi. C'est vrai qu'elles doivent le trouver mignon, le drôle, avec son air mélancolique. À peine est-il entré qu'aussitôt je les vois passer et repasser devant ma porte en lui faisant leur air de rien. Je suis sûr que, lorsqu'il repart, elles doivent lui coller au train jusqu'au bout du couloir, comme une bande de rémoras.

Je me doute bien que ce n'est pas moi, le vieux cocon de ver à soie tout emmailloté sur le lit, qui pourrait provoquer chez elles un tel émoi.

Qu'importe, si sa présence dans ma chambre ne devait me servir qu'à avoir un quart de vin rouge supplémentaire, ce serait toujours ça de pris. Je ne m'attends pas à d'autres gâteries, je suis un homme réaliste.

L'espoir, c'est bon pour les rêveurs et les adolescents. Moi, j'ai des souvenirs.

À mon âge, c'est plus sûr qu'avoir des ambitions.

Ce matin il a l'œil frétillant, en tout cas.

– Monsieur Fabre, j'ai du nouveau !

– Je vous écoute, mon jeune ami.

J'aime bien l'appeler comme ça. Au début ça le déconcertait, mais à présent, bizarrement, je crois que ça le met à l'aise.

Il tire la chaise à côté de mon lit, s'assied, se penche un peu vers moi, me regarde dans les yeux avec intensité. Il doit se préparer à me causer un choc, il essaie de m'envoyer un message subliminal, de ses grandes prunelles sombres, pour tenter de me prévenir.

Je suis poli : je m'intéresse.

– Allez, dites-moi tout.

– L'enquête a conclu à un accident.

Il se recule et me regarde pour juger de l'effet.

Comme il est manifeste que je m'en doutais un peu, il semble déçu, il insiste :

– Causé par un chauffard.

– ...

– Avec délit de fuite !

Je vois bien qu'il fait ce qu'il peut pour satisfaire le client. J'ai pitié, je soulève un sourcil :

– Vous avez des détails ?

Il s'éclaire et se lance, enthousiaste :

– Eh bien, alors, oui, justement : d'après le relevé des traces, il apparaît que vous auriez été tamponné par un véhicule dont le conducteur aurait perdu le contrôle.

Je me doutais bien qu'il ne s'agissait pas d'un règlement de comptes : les seuls mafieux que je voie régulièrement, ce sont ceux du *Parrain* ou de *Donnie Brasco*.

Il sort son bloc de chez *Star Wars* et me gribouille un truc, vite fait, tout en se mordillant nerveusement les lèvres entre deux commentaires à mi-voix.

– Bon, alors, donc... ça, c'est le pont... Vous deviez vous trouver sur le trottoir... Je dirais, mmmhhh... à peu près... ici ! Vous voyez ?

On voit qu'il aime ça, faire des plans, des vues en coupe, des perspectives à point de fuite agrémentées de flèches et de petites croix. Son rêve c'était sûrement de devenir architecte, mais son père était fonctionnaire. Des drames comme ça, on en voit tous les jours.

– Alors, en fait, nous pensons – enfin on *suppose* – que vous avez été projeté par-dessus le parapet, heu, disons, sous cet angle-là... voilà... comme çaaaa... là !

– Fichtre !

– Mouais. Le choc a dû être super violent, vu vos fractures.

– Si je comprends bien, ça tient du miracle si je suis toujours là...

Il hoche la tête.

– Ah ça ! Vu l'heure, en plus... À cinq heures du matin, à cette saison, il n'y a pas foule, hein ? Vous rentriez de chez des amis ?

– Ça m'étonnerait, je n'en ai pas.

Il me jette un œil compatissant, toussote, sourit d'un air gêné, et change de sujet.

– Enfin, toujours est-il que sans cette personne, sous le pont, vous ne seriez plus là...

La « personne » en question, c'est le jeune prostitué qui m'a tiré de la flotte. Il a assisté au plongeon. Comme il ne savait pas nager, mais que je venais de faire un plat tout près du bord, il a réussi à me crocheter avec une gaffe et à me ramener vers la berge. Alertés par ses cris, les employés de la voirie qui vidaient les poubelles sur la rive d'en face ont appelé les secours. Le jeune m'a maintenu la tête hors de l'eau, le temps que le SAMU arrive.

Les toubibs m'ont dit que s'il avait essayé de me hisser sur le quai, il m'aurait complètement disloqué le bassin.

Fracassé par hasard, immergé dans la Seine, sauvé par un tapin et par des éboueurs.

Je ne m'en lasse pas, rien à faire : mon destin est un vrai bonheur.

L'avantage de l'hôpital, c'est ce respect total pour votre vie privée.

Ça fait déjà cent fois que je demande aux aides-soignantes, infirmières ou agents de service, de refermer la porte en sortant de ma chambre. Quand je suis réveillé, je n'ai aucun mal à faire respecter la consigne : j'ai hérité de la voix de mon père. Mais si par malheur je m'endors, je me retrouve immanquablement avec la porte ouverte – en grand, à moitié, ou au tiers – suivant la flemme de celui qui est sorti le dernier, ou son degré d'animosité à mon égard.

Les gens restent plutôt discrets, malgré tout, dans l'ensemble. Ils ne jettent qu'un coup d'œil machinal, et lorsqu'ils m'aperçoivent sur mon lit de douleur, en train d'écrire sur mon ordinateur, de ronfler bouche ouverte ou de manger sans plaisir un repas sans saveur, ils détournent aussitôt la tête, par pudeur. Ils me zappent.

Sauf la morveuse.

Une petite boulotte mal coiffée qui doit avoir dans les treize ou quatorze ans, je ne suis pas expert en ados boutonneuses. Depuis qu'on m'a monté en chirurgie orthopédique, j'ai l'impression de la voir au moins dix fois par jour. Elle me

37

regarde à chaque fois d'un drôle d'air. Je me demande bien ce qu'elle fout dans ce service. Ni plâtre, ni béquilles, ni déambulateur. Pas le moindre bras en écharpe, pas la plus infime boiterie. Juste un excès de poids conséquent qui met bien en valeur son charme de bouledogue.

Aujourd'hui encore, comme d'habitude, me voici exposé à la vue de tous ceux qui naviguent à l'étage. Et voilà l'autre qui se pointe. Elle ralentit. Elle me mate. Elle prend son temps.

Si je me laissais aller à mes mauvais penchants, je lèverais bien le drap pour lui montrer mes burnes, à défaut de mes fesses, étant donné que je suis sur le dos. Seulement, vu son jeune âge, je craindrais la méprise. Pédophile, c'est pas pour moi. Sans compter les considérations esthétiques : on m'a intubé le bazar pour cause d'écrasement de l'urètre, ce qui fait qu'ajouté à l'œdème des baloches, on dirait que je sors d'une greffe de biniou.

De toute façon, lui exhiber mon petit matériel de campagne, ça ne serait qu'une façon imagée de lui faire savoir qu'elle me les brise, à force, à détailler comme ça le décor de ma chambre et moi, plâtré de frais et cloué au plumard.

Elle manque peut-être de distractions, je peux le concevoir, mais je ne suis pas animateur bénévole, j'ai seulement envie qu'on me foute la paix.

Le privilège d'être veuf sans enfants, c'est qu'on n'est pas submergé de visites.

Ce qui n'empêche pas que tout le monde entre ici comme dans un moulin : je n'avais pas vu autant de monde depuis des années, pour tout dire. Uniquement des gens qui se soucient de moi. Infirmières, aides-soignantes, médecins de tous acabits et – Dieu d'entre les Dieux dans cet Olympe en blouse – mon chirurgien, de loin mon préféré.

C'est un petit pète-sec aux yeux froids qui me parle en regardant mon dossier médical et rend les infirmières nerveuses comme des poux.

Un homme précis, concis. Sans doute l'habitude d'ôter le superflu, il va à l'essentiel. Et encore, il abrège. Il ne s'exprime qu'en phrases simples : sujet-verbe-complément. Dès sa première visite, il m'a fait un état des lieux d'un air de s'emmerder à un point pas croyable.

Fracture du bassin : stable.

Fractures tibia-péroné réduites : une plaque ici, deux enclouages là.

Je me sentais un peu comme un cheval à qui un maréchal-ferrant parlerait de ses fers.

Puis il m'a gratifié d'un sourire contraint en m'expliquant que – finalement – je n'avais pas eu besoin d'une arthrodèse. Je le sentais à ce point dépité que je n'ai pas osé lui demander ce que ça voulait dire. Je me suis contenté d'un sourire chagriné tout en me promettant de chercher sur Google dès qu'il serait sorti. C'est une intervention *qui consiste à bloquer définitivement une articulation.* Je m'en veux de l'avoir déçu.

Depuis, je le revois les mardis et jeudis, en fin de matinée.

Aux dernières nouvelles, qui datent d'aujourd'hui, et si j'ai bien compris :

Je vais très bien – tout va très bien – il est ravi – j'en suis ravi.

Il est content de moi, traduisez : de ses résultats.

Je pourrai commencer à remarcher avec des béquilles et un appui progressif de la jambe gauche d'ici deux à trois semaines. S'il n'y a pas de complications.

Mais il n'y a pas de raison qu'il y en ait.

Toutefois...

Pour l'instant, je dois rester à plat.

L'infirmière viendra me *remonter de trente degrés,* d'ici quatre ou cinq jours. J'ai failli lui répondre que je n'en espérais pas autant, à mon âge. Je me suis abstenu. Il n'y a pas de raison qu'il y ait de représailles à mon humour foireux.

Toutefois...

Enfin, il a demandé, d'un air pressé d'en finir avec moi :

– Des questions, monsieur Fabre ?

– Non... Non, je vous remercie, mais pour l'instant, je ne vois p...

– … dans ce cas tout est parfait !

Parfait.

Voilà.

Parfait.

C'était exactement le mot que je cherchais.

Je compte m'en tenir à cette occupation : écrire. Et je voudrais aussi que ça me revienne dans l'ordre. Mais la mémoire est une girouette, elle est sensible à tous les courants d'air.

Tout à l'heure, aux infos, une ouvrière fatiguée répondait à un journaliste, devant les grilles d'une usine en grève. Elle avait la cinquantaine fine, mais bientôt desséchée, le visage tiré, les yeux clairs, le regard digne, et ce petit pli amer au coin des lèvres que la vie vous bricole à coups d'escroqueries.

Elle ressemblait au souvenir que j'ai gardé d'Annie.

Depuis, je pense à elle.

Annie, je l'ai rencontrée quand j'avais vingt-six ans. Elle était rieuse, amoureuse, de cinq ans plus jeune que moi. Je la trouvais jolie, elle me trouvait beau, autant de bonnes raisons de vouloir la garder pour ma pomme. On s'est mariés au bout de six mois, on est restés ensemble pendant trente et un ans, jusqu'à son accident. Une chute en vélo sur des pavés mouillés, en allant à la poste. On appelle ça mourir bêtement.

Je ne connais pas de morts intelligentes.

Elle avait cinquante-deux ans et moi cinquante-sept. On avait bien tenté de fabriquer des mioches, elle et moi, rien à faire. Ou plutôt, rien à faire pour mener le travail jusqu'au bout. À la troisième fausse couche, Annie a baissé les bras. La différence, entre nous deux, c'est que je n'avais pas eu de gamin, mais qu'elle en avait porté trois.

Je ne sais pas si c'est le fait d'être un homme, un crétin, ou les deux à la fois, je n'ai jamais pu considérer des fœtus comme des enfants à part entière. Je commençais à peine à envisager le changement que ça allait faire dans ma vie que déjà tout était fini.

Rien n'avait bougé dans mon ventre. Dans le sien, il y avait eu de petits frôlements.

Annie perdait ses bébés vers le quatrième mois. J'étais triste, bien sûr, mais pas bouleversé. Pour le premier, je me demande même si je ne me suis pas senti vaguement soulagé, cinq minutes. Un bambin entre nous, ça me faisait très peur. Je craignais de perdre ma liberté, de ne plus pouvoir faire tout ce que je voudrais. J'étais un imbécile égoïste, immature.

Ces petites horreurs, on peut les regarder en face, quand on approche des soixante-dix balais. On n'a plus grand-chose à se cacher à soi-même. On a appris à ne pas trop se juger.

Pourtant je me souviens que ça m'a épouvanté rétrospectivement d'avoir pu penser ça, quelques années plus tard.

À la première fausse couche, je lui ai dit pour la consoler :
– Ce sera pour la prochaine fois.

À la seconde, je n'ai pas su quoi lui dire. Je l'ai écoutée pleurer dans la salle de bains, plusieurs soirs d'affilée, sans oser aller lui parler de peur de ne pas trouver les mots appropriés.

J'aurais mieux fait, quitte à dire une connerie. Une maladresse qui vient du cœur se pardonne plus volontiers qu'un silence confortable. Elle s'oublie plus vite, également.

Annie est allée voir tous les spécialistes possibles, plaques en cuivre sur avenues, secrétaires revêches aux plannings immuables, lithographies et plantes vertes, dépassements d'honoraires inclus. Elle a consulté des voyantes, des gourous, des magnétiseurs ; elle s'est fait poser des pierres de couleur sur le ventre ; on lui a ouvert tous les chakras et planté des aiguilles le long des méridiens ; elle a fait des prises de sang, des radios, des échographies ; elle a récité des mantras ; elle a gobé des cachets, des gélules, des promesses, qui, comme chacun le sait, n'engagent que ceux qui y croient.

Pendant sept ou huit ans, elle a dépensé des fortunes, en heures, en argent, en fatigue inutile, en rêves anéantis. Mille fois on lui a répété qu'il fallait espérer et que l'espoir fait vivre.

L'espoir fait surtout vivre ceux qui en tirent profit.

J'ai eu beaucoup de chance : j'ai aimé mon métier.

Mes métiers, ce serait plus juste, car j'ai occupé différentes fonctions.

Le gamin de six ans qui voulait à tout prix monter sur les chaffeaux a fini par bosser pendant plus de trente-cinq ans dans les ports de commerce. J'en ai vu, des cargos, des rouliers, des tankers, des vraquiers de tous bords, céréales, charbon, ciment ou minerais. Chaque nouveau contrat était une aventure, chaque retour en France, un repos mérité, une halte bienvenue, mais fallait pas non plus que ça dure trop longtemps.

Je n'y peux rien, j'ai un tempérament de cheval de labour, j'ai besoin de tirer mon soc et de peiner un peu pour savoir que j'existe. Il me faut de l'air, de l'espace. Et de l'occupation.

À la maison, au bout de trois semaines, je piaffais déjà à la fenêtre ou devant le mur du jardin, jarrets tendus, regard fiévreux, naseaux ouverts au vent.

– Toi, je sens que tu t'emmerdes, disait Annie.

Et tout de suite après :

– Tu repars quand ?

Mes réveils sont assez moroses. Mauvais sommeil. Grand inconfort.

Plus un petit début de déprime à la pensée de rester encore au moins un mois ici, *s'il n'y a pas de complications. Mais il n'y pas de raisons qu'il y en ait. Toutefois*....

On me rassure avec une voix gentille et qui m'infantilise, Allons, allons, un peu de patience... Il n'est pas bien ici ?

Ah non. Non, non. « Il » n'est pas bien du tout, si vous voulez le savoir.

Dans la journée, je m'emmerde. Quand vient le soir, c'est pire. Il y a du bruit dans le couloir, des infirmiers qui blaguent avec les infirmières, des sonneries et des télés en fond sonore. Ensuite, tout s'englue dans un silence lourd, ponctué de toux grasses, de plaintes assourdies.

Le plâtre me gêne pour dormir. J'ai chaud, les draps me collent.

Les douleurs se ravivent, les miennes, celles des autres. Elles me taraudent un peu, ou vont s'épanouir dans les chambres voisines, petits vampires avides voletant dans la nuit.

En termes de douleurs, la palette est très riche, et l'hôpital fournit en détail et en gros.

Il y en a qui rongent et d'autres qui déchirent. Il y en a qui pressent, qui broient. Il y a la lancinante, qui ne vous lâche pas. L'invasive, qui monte, qui monte, qui installe en sourdine tout son petit matos avant de déchaîner la grosse caisse et les cuivres. Celle qui vous pulse dans la pulpe. Celle qui vous plie en deux. Celles qui viennent outillées comme l'Inquisition, ici la hache et là, la scie, *tenez-moi le couteau, j'attrape les tenailles*.

Il y a les douleurs salopes, qui vous réveillent en pleine nuit et attendent avec vous que le soleil se lève. Les douleurs viscérales et les douleurs osseuses. La familière, qui a fait son nid depuis longtemps, qui fait partie des habitudes, qui a la table mise et le lit préparé. Celles qui se pointent au bal toujours accompagnées, qui entraînent les nausées à leur suite, ou les essoufflements, les oppressions, les vertiges, les frissons.

Celles qui arrivent en fanfare de 14 juillet, le grand chambard du corps et toutes ses débâcles de ventre et d'estomac. Les grosses douleurs lourdes, qui lâchent leur boulet du quatrième étage. Les violentes, qui vous disloquent. Les petites douleurs putes, qui font leurs innocentes et jouent avec vos nerfs. Qui vous vrillent, vous agacent, vous tournent à l'intérieur comme une mouche à merde autour de votre tête.

Au-delà d'un certain seuil, d'une certaine durée, on n'est plus rien, à part ce corps qui souffre.

Plus d'idées, de patience, d'envie de se marrer.

Quand on a vraiment mal, on n'a même plus d'endroit où pouvoir se réfugier.

On est exproprié.

Je me prépare psychologiquement à attaquer mon repas lorsqu'on frappe à la porte. C'est un fait assez rare pour éveiller aussitôt mon intérêt et me faire lever le nez.

Sur le seuil de ma chambre se tient une jolie créature en pull moulant, les cheveux mi-longs, la silhouette fine et la hanche ondulante. Elle me demande sur un ton mélodieux si elle peut entrer, je lui feule un « Ouiii » étudié. Il faut qu'elle se rapproche assez pour que je comprenne la méprise. La faute au contrejour, à ma myopie traîtresse. La nymphe est un garçon.

Je m'éteins de la prunelle.

Lui, bat des cils à faire des courants d'air et demande, d'une voix de tourterelle :

– Vous êtes bien le monsieur qui est tombé dans la Seine ?

Je réponds d'une voix distante, tout guindé dans mon quant-à-soi :

– Lui-même. À qui ai-je l'honneur ?

– Je m'appelle Camille. C'est moi qui vous ai repêché, je ne sais pas si on vous a dit….

Ah, c'est donc lui, mon joli sauveteur ! Je souris largement.

Il continue, poli, un peu timide :

– Je venais prendre de vos nouvelles. Mais je vois que je vous dérange, vous alliez déjeuner…

Sur mon plateau rectangulaire, c'est la fête des papilles : betteraves molles, steak haché gris, chou-fleur spongieux, flan aux œufs sans âme et sans œufs.

– Le festin peut attendre… je dis.

Je lui fais signe de s'asseoir, ce qu'il consent à faire d'un coin de fesse mal à l'aise.

– Je vous dois la vie, si je comprends bien ?

Il me souffle Mais non – mais non. Je lui chuchote Mais si – mais si.

Il se détend un peu. J'enchaîne :

– Pour tout vous dire, je ne me souviens de rien, le noir total. Alors, si vous me racontiez comment ça s'est passé ?

Il n'attendait que ça.

Il m'explique qu'il a entendu un coup de frein brutal sur le pont et que, tout de suite après, il m'a vu tomber comme une enclume dans la flotte. Par chance, comme une perche traînait sur le quai, il a pu me harponner par ma parka pour me tirer jusqu'à la berge.

– Vous m'avez fait une de ces peurs ! Vous étiez tellement pâle, vous aviez les yeux complètement révulsés, j'ai vraiment cru que vous étiez mort.

Je le sens encore sous le coup de l'émotion. J'essaie de m'imaginer flottant au ras de l'eau comme une grosse méduse, les chasses dans le brouillard, et blanc comme un pierrot.

Tiens, ça me revient d'un coup, on m'appelait Pierrot, dans ma famille. Et même, vu mon appétit, j'avais droit à « Pierrot Gourmand ». Je me suis coltiné un prénom de sucette jusqu'à ce que je quitte la maison. Les adultes sont d'une finesse rare, parfois, avec les mômes.

Le petit Camille me couve d'un regard attentif, maternel. Il semble me trouver sympathique. On apprécie souvent les gens à qui on a rendu service.

Il a l'air gentil, l'œil vif, des gestes féminins, gracieux, un visage rond, des yeux d'un bleu céleste. Des fossettes. Des dents très blanches, un peu irrégulières. Quel âge a-t-il, ce gamin ? Même pas majeur, si ça se trouve.

Lorsque j'étais ado, il y en avait un comme lui, dans mon quartier. Un blondinet aux fesses rondes que ses parents avaient eu la bonne idée de prénommer Jean-Marc, ce qui est dur à porter quand on aime emprunter les jupes de sa mère et qu'on chante François Deguelt avec une voix de soprano.

Il avait droit à tous les noms d'oiseaux. Tantouze, lopette, p'tite fiotte, pédé, c'était les plus flatteurs et les plus distingués.

Son père était routier et le cognait chaque dimanche pour le guérir de ses mauvais penchants. Sa mère le consolait et l'appelait mon bébé. Il se faisait charrier par tous les cons de mon âge.

Sa vie n'était qu'une tartine de fiel sur un quignon de pain moisi.

Il s'est jeté du toit de sa maison, à la fin d'un week-end trop long. Sûrement découragé par la bêtise humaine. Il a raté son grand plongeon, et s'est retrouvé paraplégique.

Il avait à peine quinze ans.

Quand j'ai appris ce qui lui était arrivé, je me suis senti merdeux, même si je n'y étais pour rien à titre personnel – à titre plus *personnel* que les autres, en tout cas. Je ne lui avais jamais adressé la parole. Mais les regards en coin, les rires gras, les clins d'œil, ça aussi ça peut pousser quelqu'un dans le vide, je crois. Du coup, si on fait bien le compte, on était quelques-uns à le faire sauter du toit, ce soir-là. Son père en première ligne, et nous autres, en renfort. Nous tous, les hommes forts.

Arrivé à mon âge, à moins de n'avoir rien compris à la vie, on se fout du choix des gens. Il y a des hétéros, il y a des homos. Il y a des multicartes. Il y a des indécis. On ne décide pas plus de ce qui nous fait bander que de naître gaucher, frisé, ou aux yeux verts.

Ni mérite ni honte.

Mais pour le jeune Camille, ce n'est pas une question d'homosexualité. Il se prostitue, c'est tout autre chose. Et ce n'est qu'un gamin avec un regard tendre et des joues de bébé.

Il devrait profiter de la vie, rouler des pelles à son petit ami, se pacser avec lui, aller faire du shopping à l'Ikea du coin pour meubler leur studio, au lieu de tapiner sous les arches des ponts, avec sa tête de bon élève qu'on aurait déguisé en Barbie-fait-la-pute pour la kermesse de fin d'année.

Camille revient sur mon sauvetage avec un luxe de précisions. Je sens qu'il en est fier. Je trouve qu'il y a de quoi. Et je ne peux m'empêcher de penser que s'il n'avait pas fait le trottoir ce soir-là, je flotterais comme un étron dans les eaux de la Seine.

À la fin de son histoire, tout se termine bien : le sauveteur me sauve, les secours me secourent, et le héros (c'est moi) est repêché à temps. Je souris, lui aussi.

Enfin, comme on n'a rien de plus à se dire, à part « merci / de rien », il se lève, arrange une mèche de cheveux, ses petits bracelets de laine.

Il murmure :

– Bon, je vais vous laisser. Je suis content de voir que ça va, en tout cas.

On se serre la main. Il se dirige vers la porte.

Et c'est là que je lui demande, avec cet à-propos qui me caractérise :

– C'est vrai que tu fais le tapin ?

Il se retourne. Je vois bien dans ses yeux que je viens de gâcher quelque chose. Le vieux Moïse sauvé des eaux, ce n'est rien qu'un gros pervers, un cave. Un micheton.

Camille revient vers mon lit avec un regard vide. Je me dis que, dans deux secondes, il va me donner les tarifs. Vu mon état, et vu le lieu, le choix sera forcément limité : petite branlette vite fait. Je me cramponne aux draps comme une pucelle un soir de noces.

Mais non, il me dévisage seulement en silence.

Je lui demande :

– Tu as quel âge ?

– Vingt-deux, pourquoi ?

La voix est tendue, soupçonneuse.

Je réalise soudain que pour tout arranger – et sans raison aucune – je suis passé au tutoiement, ce qui fait paternaliste ou Police nationale, question d'âge ou d'antécédents.

– Ecoute, je me fous de savoir à qui tu vends tes fesses. Mais *pourquoi* tu fais ça ?

Il se mord les lèvres.

– Tu n'as pas l'air bête, au contraire.

– Et alors ?

– Alors, jouer les dépotoirs pour les fumiers du coin, ça ne me paraît pas un métier d'avenir…

Je le sens de plus en plus contrarié. On le serait à moins.

52

Je bougonne :

– Bon, excuse-moi, je ne suis pas toujours très subtil, tu peux le constater.

– …

– Et je te suis *très* reconnaissant, O.K. ?

Je parle de plus en plus fort. Parti comme je suis, je vais finir par l'engueuler, dans moins de deux minutes. Je respire un bon coup.

– Je te dois la vie, ce n'est pas rien ! Si tu n'avais pas été là, je serais mort à l'heure qu'il est. Je ne connaîtrais pas les joies des repas à l'hôpital. Avoue que ce serait dommage !

Je m'enferre de pire en pire, ça devient lamentable.

– … Mais… Ah, bon sang, si j'avais un gamin, ça me tuerait de savoir qu'il fait ce que tu fais ! Tu comprends ?

Il ne bouge pas. Il ne dit rien.

Et moi, je me demande où je veux en venir avec mon discours à la con, en bon petit père la morale qui vient de découvrir que la prostitution, ce n'est pas un travail vertueux.

Ça doit l'intriguer aussi, il finit par lâcher d'une voix frêle, désenchantée :

– Pourquoi vous me dites tout ça ? Qu'est-ce que vous me voulez ?

– … Rien, laisse tomber, je ne sais pas. C'était idiot de ma part. Je te remercie, c'est tout. Vraiment.

Il me dévisage encore un court instant, méprisant, puis sort, sans commentaire.

Le steak est froid. Je n'ai plus faim.

Qu'on me donne une pelle, et je m'enterre.

Salut mon pote, alors comme ça, tu es à l'hosto ? Aussi, je me demandais pourquoi je n'avais plus de nouvelles de toi ! Je suis en Bretagne pour encore presque un mois, mais je viens te voir dès que je suis rentré.
Tu me raconteras comment c'est arrivé.

Salut l'ami ! Je ne te raconterai pas grand-chose, c'est le noir total ou presque. O.K. pour la visite, je dois encore avoir de la place sur mon planning. Rendez-vous chambre 28, au second, je serai presque nu dans un petit lit blanc, tu me reconnaîtras.
Qu'est-ce que tu glandes en Bretagne ?

On prend des vacances, avec Nathalie. Demain c'est le mariage de sa petite nièce. 300 personnes, de la folie. On bouffe déjà comme des chancres depuis deux jours. Tu connais le kouign amann, toi ? C'est comme du beurre au sucre, en plus gras et en plus sucré, mais c'est pire qu'une drogue, tu n'imagines même pas.
Je t'en porterai, tiens ! Au moins tu sauras de quoi tu vas crever.

Enfoiré.

Tu lis quoi, en ce moment ? Moi je suis en train de relire *Histoire de la France des origines à nos jours*, de Duby.

Oui, très bien, ça, bon choix. Moi, vu que j'ai du temps de libre, j'ai commencé l'annuaire.
J'en suis à « Giraudin Jean-Claude, 13 rue Amiral Courbet ».

Ah, oui, je me souviens de ce passage... Tu verras, après, dès que tu arrives à « Lefebvre Jocelyne », ça commence à te prendre aux tripes.

Ne me raconte pas, je ne veux pas savoir la fin.

O.K., je ne t'en dis pas plus.
Sois sage avec les infirmières. (Elles sont bonnes ?)

Quand tu dis « bonnes », tu parles de leurs qualités de cœur, c'est ça ?

Oui, bien sûr. De quoi d'autre ?

Je les trouve assez bienveillantes, en effet.

Sacré veinard.

Il y a quelques mois, grâce à Copains d'antan ou Potes de naguère, un de ces sites archéologiques qui exhument la nostalgie à tout vent sur le Net, j'ai retrouvé mon ami Serge.

Jouisseur à temps plein. Gros déconneur, grand amoureux, grand maladroit, toujours entre deux femmes, deux largages, deux drames. C'est lui qui m'a recontacté, au début du mois d'août. Depuis, on échange des mails, ou on blague sur MSN, on parle bouquins, cuisine, et souvenirs de guerre, c'est-à-dire de jeunesse.

La dernière fois qu'on s'était vus, c'était en juillet 70, dans un routier entre Bordeaux et Lille. Il était beau comme Steve McQueen quand il s'appelait Joss Randall, je massacrais Dick Rivers à la guitare folk. J'avais vingt-cinq ans, lui vingt-six. Il roulait en Caravelle rouge, moi en Dauphine bleue cabossée. On était fringués dans le plus pur esprit Chats Sauvages ou Chaussettes Noires. Vestes en cuir noir, futal serré, bottes pointues. Mai 68 était passé sans ébranler nos convictions, plutôt mourir que d'être *Peace and Love*, de fumer des pétards ou d'avoir les cheveux longs. Les jeans pattes d'éléphant et les chemises à fleurs, c'était pour les gonzesses. Nos chemises, on les portait noires, et cintrées sur nos pectoraux. Les nouveaux jeunes cons de cette génération nous saluaient index et majeur écartés, en nous faisant le V de la victoire. On répondait de la même façon. Sans l'index, par sobriété.

On se prenait pour des rebelles. On nous prenait pour des ringards.

Il venait de trouver un job de représentant en vins. Je commençais à bosser pour une société d'import-export agroalimentaire. Nous avions la vie devant nous.

La première fois qu'on s'est retrouvés, à la brasserie *La Comète*, la vie était surtout derrière, et ça s'était fait malgré nous.

Il avait apporté des photos de l'époque. De ces petites photos Polaroïd, marron-jaune, carrées, avec le dos gris, les bords blancs, et une qualité tellement merdique que c'était impossible à scanner proprement.

En entrant dans la brasserie, je n'ai eu aucun mal à le reconnaître, même si quarante-deux ans étaient passés par là. On change, mais on ne change pas. On a toujours un peu notre bouille de môme. On a beau faire, en vieillissant, on garde un air de famille avec soi.

Il était moins chauve que moi, j'avais moins de ventre que lui. Je ne portais plus de guitare en bandoulière. Le monde de la musique n'y avait rien perdu.

Mon ami Serge ressemblait à Arno, le chanteur belge, le cheveu en pétard, des valoches sous les yeux, des yeux de chien battu, mais bien nourri quand même. Il ne pouvait pas cacher qu'il l'avait pris à cœur, son boulot dans les vins. Mais je connais le garçon, c'est un grand scrupuleux. En voilà, une qualité rare !

Qu'est-ce qu'on peut raconter de soi, quand on se retrouve après si longtemps ? Le mariage, les enfants ? Ce serait vite vu, en ce qui me concerne. Pas de progéniture. Veuf depuis dix ans. Ni compagne attitrée ni copine de hasard.

Et l'on se sent tout seul, peut-être, mais peinard…

Serge était marié depuis trente-cinq ans avec la même femme, ce vieux coureur des bois. Une certaine Nathalie, petite, blonde, maigre, avec des yeux de chat soupçonneux et fidèle.

Sur une photo récente, on la voyait entre deux trentenaires massifs, souriants, qu'on aurait dit clonés du père.

– La petite famille…

Il avait l'air content.

On a un peu brodé sur le thème du boulot, en joyeux retraités que nous sommes.

Serge était resté représentant pour la même maison de vins pendant trente-cinq ans.

J'avais commencé acconier, j'étais devenu superviseur ; j'avais changé de boîte à plusieurs reprises, toujours dans le fret maritime.

Il avait passé le plus gros de sa vie le nez dans les bouteilles, moi sur les quais de chargement.

Il avait voyagé de château en château, de crus classés en crus bourgeois, pendant que je bossais dans les ports de commerce, de la Méditerranée à l'océan Indien, de la mer Égée à la mer Noire.

Il avait froissé les draps de mille Campanile, Ibis, et autres Kyriad.

Moi, j'avais transpiré sous des ventilateurs dans des hôtels de ports qui sentaient la friture, le gasoil, la sueur et le tabac, protégé des moustiques ou des cafards volants par de douteuses moustiquaires.

On n'avait pas baptisé nos oreilles sur les mêmes autels. À lui, le son festif du bouchon qu'on libère, le glouglou sensuel. À moi, les hystéries de mouettes criardes, les bruits d'engins, les appels d'ouvriers sur les quais. Il me parlait cuve de vinification, fermentation malolactique, débourbage. Je lui répondais grues de levage, stabilisateurs et chargeurs latéraux.

Bref, on était des gosses : on comparait nos billes, nos boulards, nos calots.

À la fin de la joute, il a hoché la tête d'un air épaté et ravi, on aurait dit qu'il était fier de moi.

– Tu es un vrai bourlingueur, toi, dis donc !

– Un aventurier, tu veux dire !

On s'est marrés comme des ados pendant toute la soirée, l'esprit vif et le cœur léger. On ne sentait plus nos rides, on avait tous nos cheveux, plus de bide, pas un poil blanc.

On avait tout juste vingt ans.

Miracle de l'évolution : la petite boulotte sait parler.

Ce matin, elle s'est arrêtée dans l'encadrement de ma porte, elle a fait :

– Eh, m'sieur ?!

J'ai levé un œil hostile.

– Je peux prendre l'ordi ?

Ni bonjour ni merde.

J'aime ce genre de rapports humains, ça me rend aussitôt conciliant. J'ai noté, au passage, qu'elle m'avait dit *l'ordi*, pas *votre* ordi. Elle s'imaginait peut-être qu'il était en libre service, fourni par l'hôpital. J'ai hésité entre différentes réponses : Dans tes rêves ma grosse – Tu peux crever – ou bien encore : *What else ?* – histoire de la faire progresser en anglais.

J'ai dit :

– Je m'en sers. Désolé.

Elle a eu un petit geste qui signifiait clairement que mon point de vue n'entrait pas en ligne de compte. Elle a répondu, désinvolte :

– Oui mais faut que j'*alle* voir sur Facebook, vite fait.

– Non.

Elle a soupiré, comme si j'étais un gamin capricieux qui ne veut pas entendre raison, puis elle est restée là, à osciller sur place, en attendant sans doute que je change d'avis.

Je me demandais en quels termes choisis j'allais lui suggérer d'aller se faire foutre – de façon figurée, vu son âge, bien sûr – lorsque l'infirmière est entrée avec un grand sourire et le chariot de soins, en chantonnant :

– C'est l'heure de la toileeeette !

Elle a repoussé la porte sur la gamine, en lui disant du même ton guilleret :

– Tu reviendras un peu plus tard, d'accord ?

– O.K., a fait l'autre.

Personne ne m'a demandé si, *moi*, j'étais d'accord.

J'ai profité de l'arrosage du persil pour faire ma petite enquête :

– Elle a eu un accident, cette gamine ?

– Celle qui était à la porte ? Ah ça, je ne sais pas ! Elle ne fait pas partie du service, en tout cas. Elle doit plutôt être au troisième, je l'ai déjà vue dans l'ascenseur.

J'étais bien avancé.

L'infirmière s'appelle Myriam. Elle a la quarantaine plantureuse, elle est vive, rieuse, elle parle fort, avec ce bel accent du Sud qui détache toutes les syllabes et agrémente la fin des mots de lettres qui n'y sont pas. Ça me rappelle mes *parangs*. Comme elle a décelé dans ma voix de vieilles traces occitanes, elle m'a pris sous son aile et, sans doute pour me distraire, me raconte sa vie dans toutes ses longueurs. Je la remercie de sa sollicitude en l'appelant de noms improbables et flatteurs : beauté brune, jeune déesse, joie de mes yeux, sel de ma vie.

61

Elle glousse, la faute à mon grand âge. J'aurais quinze ans de moins, ça la ferait roucouler. Me voici arrivé à ce moment funeste où je fais rire les femmes en toute innocuité.

– Comment vous portez-vous, Vénus méridionale ?

Elle démarre aussi sec :

– Vous savez que les gens sont vraiment incroyables ! Tout à l'heure, un type me grille la politesse au stop, à l'entrée des urgences. Je le klaxonne, bien sûr ! Vous auriez fait quoi ?

Tout dépend.

À vingt ans, je serais sorti de ma bagnole pour lui mettre un pain dans la gueule aussi sec.

À trente, je lui aurais fait un doigt en espérant qu'il cherche la bagarre.

Aujourd'hui, mon courage devient inversement proportionnel à la carrure de l'adversaire.

C'est étonnant comme la vieillesse peut rendre un homme tolérant.

Ceci dit, la question était de pure forme, car Myriam enchaîne déjà :

– … Et lui qui me hurle « Connaaasse » ! Texto. Excusez-moi, mais, hein ! J'avais la main qui me démangeait de lui en mettre une, je vous le dis !…

Elle est encore énervée, ça se sent à sa façon de me tamponner virilement les parties avec la serviette trop rêche. Pour ne pas aggraver son courroux et risquer l'accident fatal, je compatis à petits hochements de tête angoissés, souffle court, regard fixe, pupilles dilatées. Enfin elle se détend, et je peux respirer. Elle m'annonce, dans la foulée, qu'on va bientôt me relever en position semi-assise, m'enlever la perf*e* et le drain*g*.

– Vous pourrez bientôt faire votre toilette intime tout seul, comme ça.

Je réprime un soupir d'aise. Se faire faire la toilette est peut-être un fantasme pour certains, mais la réalité est des plus décevantes. Myriam a des délicatesses de brancardier de l'armée en plein bombardement, sa plus jeune collègue est d'une maladresse remarquable, quant à la plus âgée, elle survole la région de si haut que l'eau a le temps de s'évaporer bien avant de toucher la zone. J'aime autant m'occuper de mon bazar moi-même. Je le fais sans plaisir, mais efficacement.

Myriam remballe son haricot et ses flacons de Bétadine, elle ajoute :

– Ah, j'oubliais ! Le kiné passera vous voir à partir de demain matin pour commencer à vous mobiliser.

– Me quoi ?

– Oh, ne vous inquiétez pas, vous êtes trop vieux pour partir à la guerre ! Vous mobiliser, ça veut dire vous faire bouger un peu.

– Déjà ?

– Ne rêvez pas, va, vous en avez encore pour un moment, avant de m'emmener danser !

Elle me fait un clin d'œil. Je me marre suffisamment longtemps pour qu'elle soit contente. Elle sort de la chambre en riant. Je lui dis de penser à refermer la porte.

Mais bien sûr, elle est déjà loing.

C'est peut-être la perspective de l'échéance qui pointe son museau, qui me donne envie de refaire le chemin à l'envers. Je dis ça comme ça, je n'en sais rien, je n'ai pas l'expérience.

C'est la première fois que je suis vieux.

En tout cas, j'en suis à peine à quatre pages, dans mon autobiographie, et je rame déjà comme un galérien. L'exercice n'est pas facile. Pas facile du tout.

J'ai oublié de grands pans de ma vie. Pour d'autres, j'ai du mal à les resituer, à quatre ou cinq ans près. À l'inverse, il y a des souvenirs d'une netteté rare. Je découvre – il était temps – que la précision de la mémoire n'a rien à voir avec l'importance que l'on attache au souvenir.

Par exemple : je me souviens exactement du goût du vermifuge que me faisait prendre ma mère, de l'odeur de la cire qu'elle mettait sur les meubles, et de celle de l'encre violette et de la colle blanche dont on se servait à l'école. Mais je ne me souviens ni du goût ni de l'odeur de mon premier amour. Pas plus que des suivants, et il n'y a pas eu foule.

Pourtant, au classement des souvenirs marquants, ma première conquête devrait se trouver – je pense – un poil plus haut sur le podium que l'encre en poudre Etuifont en tubes métalliques qu'on diluait dans le grand bidon d'eau – ou les petits pots de colle Cléopâtre à l'amidon et à l'amande amère.

Je pourrais dire avec précision la couleur de mon premier vélo, un porteur Peugeot rouge à rétropédalage, un peu trop grand pour moi, avec garde-boue, porte-bagage, phare et carter de chaîne de la même couleur, et sacoches en cuir beige.

J'hésite pour les yeux de mon père : bleu-vert, gris-vert, gris-bleu ?

J'ai en mémoire, au gravier près, la cour de la caserne où j'ai passé seize mois, mais je serais incapable de dessiner de mémoire les bâtiments du lycée dans lequel je suis resté huit ans, de ma sixième au bac, en repiquant la troisième.

Je ne me souviens d'aucune voix.

Aucune.

Autant me l'avouer tout de suite : il me reste peu de brindilles, de mes soixante-sept balais.

Tout m'échappe et tout se défile.

Je devrais m'en réjouir, sans doute : pour aller loin, mieux vaut partir léger.

Seulement je ne suis pas sûr d'aller bien loin quand même.

Depuis qu'on s'est retrouvés, avec Serge, la vie du *temps lontan* nous revient sans arrêt.

On se pose des colles, de quelle année date tel film, telle chanson ? Comment s'appelait ce type, cette fille ? Ça nous oblige à revoir nos leçons et, vu qu'on ne craint plus d'avoir une mauvaise note, ce n'est pas déplaisant.

Quand je n'écris pas ma vie, je passe de longs moments sur Youtube – merci à mon petit-neveu, qui m'a refilé la précieuse combine – à écouter Eddy Mitchell, Johnny Halliday, Long Chris et les Dalton, Vince Taylor, le King Elvis, Dany Logan et Paul Anka. Les yeux fermés, je replonge en arrière. Chaque air me rappelle une surpat', un flirt, un slow, un roulage de pelle, *Put your head on my shouuulder*, mes coups de cœur de l'époque, Michèle, Yvette, Anne-Marie, Danielle, leurs jupes à carreaux et leurs robes à pois. Toutes ces filles qui se cramponnaient à nos abdos de rêve quand on les trimballait sur les porte-bagages de nos Solex, Mobylette et Vespa.

Et ce temps bienheureux des bagarres de fin de bal, quand on se poussait quatre ou cinq fois pour éviter d'avoir à s'en mettre une, et que le pire du pire de la calamité (mais le plus chic, aussi), tout de suite après le cocard, c'était de se péter une dent de devant.

Il m'arrive parfois de verser ma larmette.

C'est de l'incontinence de mémoire, de l'énurésie de sentiments.

Chose promise, chose due : le kiné est venu. Il m'a établi un programme olympique et, depuis quelques jours, nous avons commencé ma rééducation. Je dis « nous » car j'ai l'impression qu'il mouille sa chemise encore plus que moi. Je le sens motivé. Il marchera avant moi.

C'est un homme plutôt sympathique, ceci dit, et ça vaut mieux pour lui, avec les efforts de dément qu'il m'oblige à fournir. Il a débuté en douceur, par de simples massages hypocrites, histoire d'endormir ma méfiance, ensuite il est passé à l'électrostimulation. Maintenant, il s'échine à me faire lever une jambe de quelques centimètres, puis l'autre, Allez – allez – allez! On tient – on tient – on tient ! et je constate, au vu de mes résultats pitoyables, que je suis encore loin de faire un *french cancan*. Rien que pour m'asseoir au bord de mon lit, c'est tout un feuilleton. Je repars en arrière comme un gros culbuto affligé d'une patte raide et d'un corset de contention. Chaque geste se réfléchit, se négocie, amène son lot de complications, de lourdeurs, de douleurs et de tiraillements.

J'ai l'impression d'être un vieillard débile, ce qui n'est sans doute qu'un avant-goût amer d'un futur pas si éloigné.

Je croyais pouvoir me fier à l'homme que j'étais avant cet accident. Pas un très grand sportif, je l'avoue, mais un type encore assez bien conservé pour son âge, question souplesse et dynamisme.

Erreur et désenchantement.

Mes abdos sont de vieux élastiques, ma jambe gauche n'est plus qu'un traversin rembourré de ciment. Mon bassin me fait mal, mon dos me persécute, mes bras sont ramollis, ma nuque en prend un coup, et je ne parle même pas de mes raideurs matinales – pas du tout triomphantes – ni de ma maladresse générale.

Je me fais pitié tout seul, c'en est presque émouvant.

Ça toque sèchement et ça ouvre aussitôt. Jamais tranquille, merde !

Pour une fois que la porte était fermée, je n'ai même pas eu le plaisir de pouvoir dire : « Entrez ! » Le chirurgien est déjà dans la place, suivi d'une bande d'internes à peine sortis du nid, un peu tétanisés. J'aurais dû m'en douter, nous sommes jeudi matin, et il est 11 heures 30. Ce type est un vrai coucou suisse.

Il me salue d'un martial :

– Monsieur Fabre !

Puis il ôte mon drap d'un seul coup, hop là ! et – deux secondes plus tard – précise qu'il va m'examiner devant ses étudiants.

– Si cela ne vous dérange pas, ajoute-t-il, sans objection possible.

Je sens que si je réponds « si ! », il me re-pètera aussi sec la guibolle.

Je ne vais pas chinoiser avec ce mandarin, rien ne prouve que je n'aie pas encore besoin de ses services dans les jours à venir.

70

Le ponte décline toutes mes lésions et les réparations qui ont été mises en œuvre, à l'adresse de ses étudiants. Je réalise à quel point je me suis fracassé.

J'ai la vague impression que, d'après ses critères, il me fait un honneur en me prenant pour objet de son exposé d'aujourd'hui : *Les traumatismes ostéo-articulaires chez le patient âgé.* Je devrais sans doute le remercier de m'avoir foutu à poil devant les trois jeunots aux yeux cernés et les deux minettes pâlottes qui m'observent d'un air gêné, depuis le bout de mon lit, d'où ils ont une vue plongeante sur ma robinetterie à l'ancienne.

Je me sens à l'aise comme une grenouille le jour du cours de dissection.

Je ne suis pas prude à l'extrême, non, mais je préfère montrer mon corps d'athlète aux personnes que je choisis, une à la fois, et seulement du beau sexe.

Je remarque, à cette occasion, que la pudeur s'accroît avec l'âge, l'étendue de ses ravages et de ses ramollissements. Je n'aurais pas été confus à ce point, j'en suis sûr, lorsque j'avais encore des abdos en veux-tu en voilà.

Visiblement ce genre de considérations n'effleure pas l'homme de l'art, qui me palpe de ses doigts durs, tout en continuant mon historique. Technique irréprochable, respect aléatoire, compassion en option. Pour lui, en cet instant précis, je ne suis pas *quelqu'un,* je suis un travail sans bavure et un bon pronostic de rétablissement. Inutile de grimacer, lorsqu'il appuie trop fort, il ne le verra pas : il ne voit que mes cicatrices.

Si je remarche un jour correctement, je le devrai sans aucun doute à ce champion du scalpel et des rapports humains. Je le sais. Pourtant je ne peux m'empêcher de me dire qu'il a seulement fait son boulot et qu'il a été payé pour.

La gratitude naît de l'humanité que les gens vous témoignent, rarement de leur excellence. Ce chirurgien est aussi chaleureux qu'un frigo et m'inspire autant d'affection. Mais je présume qu'il s'en fout, ce dont je ne peux lui en vouloir.

Il termine son examen et conclut C'est parfait ! en rabattant le drap sur moi d'une main distraite, ce qui me laisse une canne à l'air.

Puis il repart, suivi par son troupeau, qui marmonne un au revoir timide.

La porte reste ouverte.

J'essaie, en vain, de récupérer mon drap.

Ma première garde à vue, je venais d'avoir huit ans.

J'avais écrit en majuscules à la craie rouge *Laferté est un sales con !* sur le mur des vécés. Monsieur Laferté, mon maître, prévenu par je ne sais quel cafard éburné, m'a pris sur le fait à l'instant où je traçais le point d'exclamation final.

Je me souviens avoir traversé toute la grande cour, précédé par mon maître et mon oreille gauche, douloureusement pincée entre ses doigts osseux. J'avançais plus vite que mes jambes ne l'auraient voulu, droit vers le bureau du directeur, au mépris des terrains de billes et des jeux de marelle. Telle une haie d'honneur de gardes républicains, les élèves m'ouvraient le passage en silence, et je lisais le respect dans leurs yeux. J'avais *traité* mon maître, j'étais un gibier de potence, une graine de bagnard, un vrai bandit d'honneur, un « Mémé Guérini ».

Il y a certains moments de gloire qui n'ont pas leur égal dans toute une existence.

Mon maître a raconté mon forfait à monsieur Respaud, le directeur, tout en épongeant son front moite de son grand mouchoir à carreaux. Le directeur m'a toisé, sévèrement. Puis, en roulant les *r*, car il était de Foix, il a dit :

– Êtes-vous fier de votre exploit, mon garçon ? Regardez-moi dans les yeux, je vous prie !

Le directeur nous disait « vous », changeait l'air en cristaux de glace, liquéfiait nos boyaux et remplissait nos bouches de paquets de coton. C'était le moment ou jamais de montrer que j'en avais dans le calbute. Autant affronter la Méduse : un seul regard de lui, j'ai été pétrifié.

J'ai eu droit à un sermon interminable et laxatif sur le respect, la politesse, le vol de craie et la dégradation des murs, le bon choix du vocabulaire, la République et l'orthographe.

– L'orthographe, mon garçon ! L'or-tho-gra-phe !

Mon maître, bras croisés, lèvres pincées, approuvait chaque phrase d'un hochement de tête.

Quand la cloche a sonné la fin de la récréation, il est retourné en classe, en me laissant en otage. Monsieur Respaud m'a fait asseoir au bureau des punis, à côté du poêle.

– Sortez votre cahier, jeune homme, je vous prie !

Quelle que soit ma punition, elle serait injuste, je n'avais fait que crier la vérité à la face du monde : monsieur Laferté était un cancrelat en blouse grise, qui nous pourrissait l'existence et nous hurlait dessus à la moindre occasion. Tout le monde le haïssait, d'autant plus que le maître précédent, monsieur Petitjean, était un grand géant d'une patience extrême, qu'on aurait tous voulu avoir pour père.

Le directeur devait être d'accord avec mon point de vue, car dans mes cinq cents lignes à faire, il n'a pas été question de la teneur de l'insulte, mais seulement du fait que *L'adjectif s'accorde en genre et en nombre avec le nom auquel il se rapporte.*

À l'époque, je m'en souviens, j'ai cru y voir comme un assentiment.

Ce monsieur Laferté était bien un sale con, mais soi-disant sans *s* à la fin du mot « sale ».

Admettons.

On a fait prévenir mon père à son travail – on n'avait pas encore le téléphone. Il est venu me chercher sur le coup de 15 heures, après la grande récréation. Tout le monde était rentré. Moi, je faisais des lignes parsemées de pâtés. Par la fenêtre, je l'ai vu pousser la grille, traverser la cour déserte à grand pas. J'ai vu son crâne dégarni passer sous les fenêtres du bureau. Il a frappé deux coups à la porte vitrée, monsieur Respaud lui a fait signe d'entrer. Mon père l'a salué d'un Monsieur Respaud !... sonore, alors qu'il l'appelait Émile aux réunions locales de la SFIO. Mais on n'était pas là pour mélanger les genres.

Il a écouté le récit de mon crime, sans broncher, droit comme la justice, dans son vieux bleu de chauffe, sa casquette à visière vissée bas sur le front. Dans son œil, ni fierté ni considération. Son regard virait à l'orage, au contraire. Ma gloire s'effritait, adieu paillettes et lauriers. J'étais entré ici valeureux résistant adulé par ses pairs, je repartais merdeux, agitateur miteux, petit factieux minable qui ne savait même pas accorder les adjectifs aux noms.

Le directeur a fait longuement le détail de ma distraction, de mon manque de soin et de mon insolence. Puis, en serrant la main de mon père, il a conclu :

– Je suis au regret de vous dire que votre fils n'est pas un très bon élément, monsieur Fabre.

Enfin, on a retraversé la cour déserte. Ça chantait très faux *Frère Jacques*, dans la classe des plus petits. Sur le chemin du retour, mon père n'a pas desserré les mâchoires.

Il est long, le chemin qui mène à l'abattoir.

Je me souviens de l'affolement de ma mère lorsque je suis rentré avec mon père, au beau milieu de l'après-midi. Est-ce que j'étais blessé ? Malade ?

Ajoutant sans vergogne mensonge et lâcheté à la liste de mes forfaits, j'ai piaulé :

– J'ai rien fait !

Mon père m'a giflé, puis il a dit, d'un ton qui ne prêtait pas aux chatouilles sous les bras :

– Va dans ta chambre. On règlera ça tout à l'heure.

Il y a eu des portes refermées sèchement, des bruits de chaises que l'on tire, des bribes de voix indistinctes, le conseil de famille statuait sur mon cas. Mon oreille collée à la cloison plus fort que les ventouses que me posait ma mère quand j'étais bronchiteux, j'essayais de pêcher un mot par-ci par-là.

Rien. Que dalle. Que tchi.

Mon père semblait très en colère. La voix persuasive de ma mère me laissait supposer qu'elle cherchait des excuses à mon comportement.

Soudain, émergeant de ce conciliabule, j'ai entendu pépé Jean s'exclamer :

– … Ce La-a-ferté, quel sa-ale con !

Je me suis senti brusquement soulagé. Mieux même, dédouané. Je n'étais pas responsable de mon comportement, les gènes n'avaient fait qu'accomplir leur séditieux office.

Tel arrière-grand-père, tel arrière-petit-fils.

Aujourd'hui, étape imprévue dans cette course en solitaire, je suis en cale sèche dans un lit d'hôpital pour cause d'avaries – bassin en deux morceaux et jambe en mosaïque – le temps de faire le point sur la coque, les voiles, et le trajet qui reste avant le dernier port.

Le constat n'est pas à l'amiable : la soixantaine usée jusqu'aux lisières, ou presque. Veuf sans chien ni enfant. Petit début de cataracte, légère baisse de l'audition, un peu de cholestérol, la prostate comme un pamplemousse, rien que de très banal. Deux-trois économies dont je n'ai pas l'usage, un appartement beaucoup trop grand pour moi, dont je suis censé rafraîchir les peintures depuis bientôt douze ans. Mais pour qui, pour quoi, pour quoi faire ?

Depuis sept ans déjà, je suis à la *retraite*. Comme j'étais d'humeur espiègle, j'ai cherché hier, sur Internet, la définition de ce mot. Entre autres choses, j'ai trouvé :

– « Marche que fait une armée pour s'éloigner de l'ennemi après un combat désavantageux, ou pour abandonner un pays où elle ne peut plus se maintenir. »

Et comme synonymes : « Reculer, céder, flancher, renoncer. Repli, débâcle, débandade… »

Est-ce un effet des morphiniques ou le début progressif de la sérénité, j'ai beau me reconnaître dans cette débandade, je ne me sens pas pour autant contrarié.

Je deviens vieux, ça, c'est indéniable. J'ai eu le temps de m'y préparer. Je m'achemine doucettement vers ce quatrième âge qui – à l'inverse du troisième, consommateur de biens et chouchou des médias – n'intéresse plus personne à part les ophtalmos, les dentistes et les vendeurs de matelas anti-escarre. Sans oublier les fleuristes, pourvoyeurs de regrets éternels.

Et les croque-morts, bien sûr, pour terminer la danse.

Il entre sans frapper, et me balance Bonjour ! comme on donne une gifle.

Je dis :

– Tiens Camille ! Je ne pensais pas te revoir, après ma performance de la dernière fois...

–...

– Allez, vas-y, déballe. Je ne t'en voudrai pas.

Je le sens excédé.

– Vous croyez que c'est facile ?

– Quoi « facile » ? De dire ce que tu penses, ou de faire le tapin ?

– Pfff, vous êtes vraiment un... un...

Je soupire :

– ... un connard, oui, je sais. Je ne peux pas te dire le contraire.

Un petit tour de chauffe, ce n'est jamais du luxe.

– De quel droit vous me tutoyez ?

– Du droit de la différence d'âge. Tu pourrais être mon petit-fils. Mais je ne t'interdis pas de me tutoyer aussi.

– Vous n'avez rien à me permettre ou à m'interdire. Et ça me ferait mal de vous avoir pour grand-père.

– Si je l'étais, tu ne serais pas sur le trottoir, ça, je te le garantis.

Il a un mauvais rire.

– Vous ne pouvez pas vous arrêter de juger les gens, vous, hein ? ... C'est plus fort que vous ? Ah, je suis dégoûté... Je vous ai sorti de l'eau, et là, je me sens... je me sens...

– Baisé ?

Merde, c'est parti trop vite. Je me reprends, un peu tard :

– Désolé, ce n'est pas ce que je voulais dire.

Il hausse les épaules, et va se poster à la fenêtre. Il joue avec les persiennes, du bout des ongles, mécaniquement, ça fait un bruit agaçant.

Enfin il dit, d'une voix sourde :

– Je ne suis pas comme vous croyez.

Il se retourne d'un bloc. Je vois bien qu'il cherche ses mots. Pourtant il a dû le réviser, le monologue, avant de se pointer ici. Mais là, devant moi, ça ne veut plus sortir.

Je lui lance un filin :

– Pourquoi tu fais ça ? Pour la drogue ?

– Pfff ! Mais non, pas du tout ! Je suis clean. Je touche pas à ça.

– Pourquoi, alors ? Pour un mac dont le seul boulot est de passer relever les compteurs ? Je m'en fous, tu sais, mais ça m'intrigue. Faut croire que d'être encore en vie, ça m'a rendu curieux. Je voudrais comprendre.

Il a une moue ironique.

– Vous voudriez « comprendre » ? Oh, c'est pas difficile ! Vous connaissez le prix des loyers, de la bouffe, des bouquins ?

– Parce que tu lis, toi ?

– C'est quoi, ce cliché pourri ? Pourquoi je ne lirais pas ? Parce que je suis jeune ? Parce que je « fais le tapin », comme vous dites ? Je suis en licence de maths-physique. Je veux bosser en médecine nucléaire. Je dois passer un concours, en juin, et c'est très sélectif.

Je suis scotché, ça doit se voir : ses yeux brillent de fierté, deux secondes.

Boîté, le vieux salopard.

Il en profite pour m'expliquer sa vie.

Ça ne va pas bien fort, pour le petit Camille, c'est le moins qu'on puisse dire.

Personne pour l'aider, pas de bourse, pas de job compatible avec ses révisions et horaires de cours, ou alors mal payé.

– Je vis dans un placard de dix mètres carrés qui me coûte un rein chaque mois. Le vrai mac, c'est le proprio. C'est pour ça que… enfin, bon, vous voyez. Je fais ça pour pouvoir continuer mes études, et je déteste ça. Vous « comprenez », maintenant ?

– Tu n'as pas de famille ?

– Dans ma famille, on n'aime pas les pédés… Je me suis barré il y a deux ans. Je ne vais pas aller mendier chez eux.

La voix se brise un peu. Elle a dû en chier, la jolie tourterelle. Il se racle la gorge. Il reprend, d'un ton faussement détaché :

– De toute façon, chez moi, ils n'auraient jamais eu les moyens de m'aider, ça règle la question. Je me débrouille, je fais comme les autres.

– Ah bon, parce qu'il y en a d'autres qui font ça ?!

– Mais qu'est-ce que vous croyez ? Que les études sont gratuites, que tous les jeunes en fac ont une chambre d'étudiant ? Ça vous arrive, un peu, de sortir de chez vous ?

Il s'est assis sur la chaise, d'un coin de fesse seulement, tout comme la dernière fois. Prêt à s'enfuir au moindre geste. Il parle, il parle… Il me raconte sa vie de merde. Son petit copain colocataire, qui l'a largué sans préavis au début de l'année scolaire ; la solitude, la galère, un studio à trouver en urgence. Mais sans fric et sans personne pour se porter caution, on tombe vite dans les quartiers pourris et les piaules insalubres.

Il doit être équipé d'un solide optimisme car il ajoute qu'il a « du bol » : il a réussi à sous-louer un studio à un autre étudiant parti en stage à l'étranger pour quelques semaines.

– C'est pas légal, mais je m'en fous. Je suis tranquille pour encore un mois.

Un mois, et puis après ?… Après, il ne veut pas savoir, il ne veut même pas se poser la question. Il a épuisé toutes ses économies, il a cherché des jobs de dépannage, qui l'obligent à rater une partie de ses cours, qui empiètent sur ses révisions. Un jour, un jeune lui a confié que, pour s'en sortir, il faisait du *tapin occasionnel* …

– Ah bon, il y a un mot pour ça, alors !

– Il y a des mots pour tout, vous savez.

Il a raison. « Tapin occasionnel », ça me fait penser aux « frappes chirurgicales » et autres « dommages collatéraux ». C'est vrai qu'il y a des mots pour tout.

Y compris pour le pire.

Il s'arrête.

Je lui fais signe, *Avance, avance !* alors il continue.

Le racolage sur Internet ou dans les bars, les rencontres furtives, en plein air quand le temps le permet, ou dans des toilettes publiques, pour ne pas ramener quelqu'un chez lui. Donner sa propre adresse, c'est toujours prendre un risque. Des tordus, il y en a.

– Les filles peuvent toujours essayer de faire les *escorts girls*, parfois elles arrivent même à s'en sortir sans cul, ou presque. Mais nous…

« Nous », les garçons.

– Ah ? Pourquoi ? C'est différent pour les hommes ?

– Oui, ça drague beaucoup chez les homos. Sur le Net, dans les clubs de sport, dans les boîtes. Alors ceux qui payent pour baiser, aujourd'hui, c'est vraiment ceux dont personne ne veut.

Pas besoin de faire un dessin : les tarés, les affreux.

– Tu n'as pas d'autre solution pour t'en sortir, tu es sûr ?

Il allonge ses jambes droit devant lui, il reste prostré, silencieux, les épaules rentrées et les yeux dans le flou.

– Putain de vie ! je dis.

J'ai souvent le mot juste.

Salut, l'ami ! Depuis que je suis là, je crois que j'ai compris des choses essentielles : je suis vieux ; des étudiants de tous les sexes font la pute pour payer leurs études ; les ados sont insupportables ; je déteste l'hôpital et la bouffe y est vraiment immonde, ce qui a peut-être un rapport. Prends ça comme un héritage spirituel.
Surtout, ne me remercie pas.

O.K. Qu'est-ce que tu prends, comme médocs, au juste ? Est-ce que tu vois des éléphants ?

Je ne prends rien, et je n'ai jamais été aussi lucide de toute ma vie.

Mais mon pauvre vieux, tu n'as jamais été lucide. J'ai des photos qui peuvent le prouver... Et ne dis pas de conneries, tu ne peux pas être vieux : tu as un an de moins que moi.
À ce propos, médite sur cette phrase de Maurice Chevalier : « C'est très mauvais signe quand on oublie de reboutonner sa braguette après avoir pissé, mais c'est pire quand on oublie de la déboutonner avant. »
Tant que tu n'en es pas arrivé à ce stade, rien n'est perdu, crois-moi.

Tu fais bien de remettre les choses en perspective. Je vais tâcher de relativiser. Merci de mettre un peu de baume sur mes plaies.

En parlant de baume, attends d'avoir goûté au kouign amann que je vais te ramener, tu verras, c'est une véritable expérience mystique : les voix célestes, la lumière blanche tout au bout du tunnel... Après, ta vie prendra un autre sens. Tu en seras transfiguré.

Tu bois quoi, avec ce truc-là ?

Bonne question... Un cidre brut, pour rester régional ? Mais je pourrais dire aussi un coteaux-du-layon, un vouvray, un petit jurançon, un riesling vendanges tardives, un champagne, un crémant... ?
Il y a tant de chemins qui mènent au bonheur !

Peux-tu prévoir un échantillonnage ?

C'est noté. Je constate avec plaisir que ton état n'est pas désespéré.

Pas désespéré, certes, mais fort préoccupant. J'ai besoin de beaucoup d'attentions.

Je prévoirai de t'amener ce qu'il faut, à hauteur de ma compassion.

Ce matin, j'ai réussi à me lever tout seul. Ce n'est pas très recommandé par le kiné, c'est un peu prématuré, mais je m'en fous, je n'en peux plus de rester allongé.

Emporté par une vague d'allégresse – et pour laisser le champ libre aux agents d'entretien – j'ai poussé le défi jusqu'à tenter une échappée dans le couloir. J'ai baladé mon déambulateur jusqu'au petit coin salle d'attente qui se trouve à l'étage, à dix mètres cinquante. Je me suis échoué sur un des fauteuils gris, complètement épuisé. Pour garder une contenance et faire croire à la cantonade que c'était précisément là que je comptais m'avachir, j'ai feuilleté d'un air intéressé les revues posées sur la table de verre.

L'Expansion, La Tribune, Management, Capital.

Rien que des magazines choisis avec une grande pertinence pour permettre aux patients anxieux de rêver à des lendemains qui chantent et à leur famille de se changer sainement les idées à la lecture du CAC 40, en attendant le retour du bloc du nouvel opéré.

En me relevant pour retourner dans ma chambre, j'ai profité, bien malgré moi, de mon reflet dans le grand miroir, derrière les fausses plantes vertes. J'ai apprécié mon allure générale. Tout particulièrement la coquette chemise blanche, qui m'arrive à mi-cuisses et qui, très largement ouverte dans le dos, permet au monde entier d'admirer mon fessier velu.

Mais allez mettre une tenue décente, et même tout bêtement un slip, à mon âge, avec mon ventre et une jambe emprisonnée dans une gouttière qui va de la cheville à l'aine.

Chez moi, je n'ai pas de miroir, à part celui de la salle de bains, au-dessus de mon lavabo. Je n'éprouve pas vraiment le besoin de me voir. Je forme avec moi un trop vieux couple. L'enchantement narcissique est passé.

Je me suis donc découvert de plein fouet – et en pied, pour tout arranger – pour la première fois depuis des mois. Des années, même, si ça se trouve.

Je suis retourné dans ma garçonnière, à petits glissements de pantoufle pensifs. Dans la chambre flottait une odeur d'alcool à brûler et de désinfectant. Je suis allé directement dans ma salle de bains. Elle est spacieuse – prévue pour les fauteuils roulants – et agrémentée, elle aussi, d'un miroir de belle taille collé derrière la porte, dont je n'avais pas eu l'usage jusqu'à présent.

J'ai tiré le verrou et, dans l'intimité, j'ai ôté ma nuisette.

Si je devais trouver un mot pour bien me définir, je pense que c'est « ptose » qui conviendrait le mieux. Tout mon corps semble avoir subi un glissement de terrain.

Pour le visage, ce n'est pas une découverte, je me rase tous les matins. Mes grands yeux en amande ont depuis longtemps cédé la place à ceux d'un saint-hubert. Le visage a glissé d'un cran, le cou ballotte un peu, mais le front est plus haut. Si haut qu'un jour prochain il rejoindra ma nuque. Par contre, je découvre avec étonnement que je suis arrivé à cet âge glorieux où les durs pectoraux se changent en vieux seins, où le ventre recouvre l'amorce du pubis, où les fières petites burnes, jadis si haut perchées, serrées dans leur scrotum comme dans un calbar, sont devenues deux lourds battants de cloche dans l'attente d'un suspensoir.

Je dois pouvoir mieux faire encore. Perdre d'autres cheveux. Semer deux ou trois dents.

Dégringolade et avachissement.

J'en étais là de cet état des lieux lorsque j'ai entendu la voix de la gamine :

– Je prends l'ordi, c'est bon, j'en ai pas pour longtemps !

J'ai crié Ho ! Hé, ho ! Non-non-non ! depuis la salle de bains. Le temps de revêtir une tenue décente, et j'ai ouvert la porte à la volée.

Trop tard. Elle était loin, la petite crevure.

J'ai sonné l'infirmière.

J'ai fait tout le foin nécessaire : scandale, indignation, courroux, etc.

– Mais *quelle* gamine ?

Elle semblait agacée. C'était un comble. J'ai décrit, du mieux que j'ai pu.

– Ah, oui… oui, en effet, ça me dit quelque chose. Je vais me renseigner.

Je n'avais pas besoin qu'elle se renseigne, je voulais juste qu'elle retrouve cette salope à frange, la détruise, me rapporte sa tête et mon ordinateur.

Elle a soufflé par les narines, sans chercher à dissimuler qu'elle se foutait de mon malheur comme de l'an quarante.

– Vous savez, les vols, dans les hôpitaux, ça arrive…

Audacieuse constatation, qui faisait avancer le débat.

– Je ne prétends pas que c'est un *vol*, j'ai dit. Cette fille a pris mon ordinateur sans ma permission, pendant que j'étais dans ma salle de bains. Elle a dit qu'elle me l'empruntait.

– Ah bon ? Eh ben alors, dans ce cas...

Je voyais pointer un vague reproche au fond de son œil. Visiblement, elle pensait « Si c'est un emprunt, où est le problème ? » Où était le problème, en effet ?

Je me suis senti vieux. Ridicule. Impuissant. Rien de vraiment nouveau, finalement.

La gamine est revenue au bout de deux heures. Elle est entrée sans frapper, elle a posé mon ordi sur la table de chevet, elle a dit avec un grand sourire :

– Ouala, c'est bon !

Comme elle allait repartir aussi sec, je lui ai signifié en termes choisis que pour moi, par contre, ce n'était pas bon du tout. Que je n'appréciais guère cette façon de faire et qu'il était hors de question qu'un tel emprunt se reproduise.

Elle m'a regardé d'un air un peu surpris. Un peu stupide, aussi.

– Hein ?

J'ai adapté mon registre.

– Ne t'avise pas de revenir dans ma chambre, O.K. ? Ni de toucher à cet ordi.

– Ben pourquoi ?

Ça sortait du cœur.

– Cherche pas à comprendre. Passe au large dans le couloir et ne remets pas les pieds ici.

Elle est restée silencieuse deux ou trois secondes, le visage tout chiffonné – sous l'effet de la réflexion, sans doute. Enfin, elle s'est lancée dans une tirade débitée à toute vitesse dans une langue improbable, sans doute du français nouveau, car je ne comprenais pas tout.

Dans le flux, j'arrivais à piocher certains mots, C'est bon ! ça va ! ça-va-c'est-bon ! Plus quelques invectives et onomatopées. Ce qui semblait vouloir ressortir de tout ça, c'est que je n'étais pas cool, ouala, c'est bon, qu'il n'y avait pas de quoi lui prendre la tête, et que ça va, c'était rien qu'un ordi, ça-va-c'est-bon, quoi, merde.

Plus je la regardais, plus je la trouvais moche, énorme, insupportable, trop de seins pour sa taille, des cheveux gras mal coiffés, et un piercing maison sur la lèvre inférieure. Pas bien centré, évidemment.

Et je me faisais incendier par ce troll.

Tout à coup, sa voix a déraillé, elle s'est laissée tomber sur la chaise à côté de mon lit et elle est restée là, à chouiner, misérable, la figure cachée dans ses mains potelées aux ongles rongés, gracieusement vernis en bleu marine.

J'ai repris mon bouquin en attendant la fin de la crue. Les filles qui pleurent, ça me tétanise. Je voudrais juste pouvoir couper le son. Celle-là, précisément, elle allait plutôt loin, en termes de nuisance sonore. Elle bramait tel un jeune daim, avec des reniflements qui laissaient supposer qu'un mouchoir ne serait pas du luxe. Ses épaules tressautaient comme celles du manœuvre soudé à son marteau piqueur.

À ce moment-là, un couple est passé dans le couloir et, au regard compatissant qu'ils nous ont jeté, j'ai senti qu'il y avait méprise : une gamine en larmes au chevet d'un vieux plâtré, ça devait sentir le Zola à plein nez.

Papi allait crever.

Le livre, dans ses mains, c'était sûrement la Bible, ou bien quelque recueil de textes édifiants.

J'ai reposé mon Boris Vian.

J'ai dit :

– C'est pas bientôt fini, cette affaire ? Tu comptes pleurer longtemps, comme ça ?

Je n'avais pas trouvé mieux, question consolation.

Elle s'est frotté les yeux, paumes des mains à plat, comme un bébé de quatre ans. Les filles, bon sang, quelle catastrophe !

J'ai tenté une diversion :

– Qu'est-ce que tu as de si important à faire, sur mon ordi ? Tu ne peux pas aller te promener dans le parc, plutôt ?

– J'ai pas le droit de marcher. Le docteur veut pas.

Pas le droit de marcher ?! Vu sa surcharge pondérale, ça ne lui aurait pourtant pas fait de mal. La médecine est déroutante.

J'ai dit, fielleux :

– Si tu n'as pas le droit de marcher, alors pourquoi est-ce que je te vois passer dix fois par jour devant ma chambre ?

– Je me fais trop chier, sinon. Ça gave, d'être ici.

Sur ce point, tout au moins, nous étions en accord.

J'ai failli lui demander combien de temps elle devait rester ici, je me suis retenu de justesse. Et d'une, je n'en avais rien à faire. Et de deux, je ne m'y connais pas en gamins, et pour cause, mais je crains que ce ne soit pareil que les chatons ou les chiots : si on a le malheur de leur gratouiller la tête, il ne leur faut pas longtemps pour venir pisser sur les plinthes et squatter sur le canapé. Pas de ça ici, je veux ma tranquillité.

Une petite élève infirmière, mignonne comme un cœur, accompagne l'urologue. C'est un quarantenaire dynamique, un brave gars cordial, mais toujours très pressé.

Il vient vérifier l'attirail et m'annonce qu'aujourd'hui on m'enlève le drain. Et que c'est « mademoiselle » qui va s'en charger. Il lui fait récapituler les gestes techniques. Elle répond sagement, un discret tremblement d'émotion dans la voix, mais sans faillir.

Visiblement, elle sait ce qu'elle a à faire.

L'urologue approuve, me désigne d'un geste, et lui dit :

– Eh bien, c'est à vous !

Sans que je sache si c'est de moi qu'il parle ou de la manœuvre qu'elle doit accomplir.

Mademoiselle déglutit, s'approche à contrecœur, considère ma bistouquette avec une appréhension que je partage. L'urologue souffle Allons ! allons ! en tapotant de la semelle.

J'aimerais autant qu'il ne la brusque pas.

– Surtout, dites-le moi, si je vous fais mal ! murmure-t-elle d'une voix timide.

– Allez, mademoiselle, on y va ! aggrave l'urologue.

La mort dans l'âme, elle s'empare de mon vieil objet du délit d'une main mal assurée, du tube chirurgical de l'autre. Je dis :

– Et vous prenez le drain tous les jours, comme ça ?

L'urologue lève un sourcil. La petite rougit, réprime un rire nerveux. Je ne suis pas très fier du niveau de ma blague, mais c'est thérapeutique. Il y a urgence à dédramatiser.

Elle se reprend, et me prévient, en commençant à me désintuber :

– Heu, ce serait peut-être mieux, si vous ne regardiez pas...

– Pensez-vous, je suis comme les vaches, j'adore voir passer les drains.

Elle éclate de rire un bon coup et me ruine un peu le bijou au passage, mais bon, c'est terminé.

Elle me fait un petit nettoyage rapide, sourit, me dit merci d'une petite voix.

Je n'ose pas répondre que c'était un plaisir, j'ai la béquille en feu.

Mais j'assure et je fais le brave.

Elle sort la première, l'urologue me fait un clin d'œil.

– Vous êtes doué ! Moi, je n'ai jamais réussi à en faire marrer une seule, dans le service !

Sur le seuil, il se retourne et me demande :

– Je vous ferme la porte ?

Ça doit être un nouveau.

N'en déplaise à mon urologue, non, je ne suis pas doué avec les filles. Je ne l'ai jamais été. Pendant longtemps je n'ai même pas remarqué leur présence, je les côtoyais sans les voir.

Elles ont commencé à avoir de l'importance vers la fin de l'école primaire. Je les ai détestées, bien sûr, comme tous mes copains. Leur grand jeu, c'était de se coller au grillage qui séparait l'école des filles de celle des garçons et de nous mater pendant toute la récré en rigolant et en se poussant du coude. Heureusement, les classes n'étaient pas mixtes et le reste du temps on restait entre nous, dans le monde privilégié de l'apartheid masculin, interdit aux pisseuses. Territoire réservé, quéquette obligatoire.

Les filles, quelles saletés !...

Des créatures bavardes, agitées, versatiles. Hystériques. Menteuses.

Jamais je ne me marierais, c'était bien décidé.

Un an plus tard, en plein mois de juillet, je suis tombé raide mort amoureux d'une Marie-Annick constellée de pigailles, aux cheveux plus roussis que si on l'avait flambée aux bûchers de l'enfer. Elle avait un an de plus que moi, elle venait de Liège. Ses parents avaient loué pour l'été la maison des voisins. Sa mère me goinfrait de gaufres qu'elle faisait elle-même et que j'avalais en trois bouchées, en vrai goulafe que j'étais. Son père m'appelait « fils », me tapait sur l'épaule, et m'avait prévenu, avec un gros clin d'œil « de pas *froucheler* sa fille car, sinon, il aurait un œuf à peler avec moi ».

Je ne comprenais rien à ce qu'ils me disaient.

Je me rappelle avoir découvert à l'époque la méthode que j'emploie encore en pays étranger : toujours me fier aux regards, aux mimiques, aux intonations, quand je ne connais pas la langue. Les menaces étaient dites sur un ton bienveillant. Les gaufres débordaient de sucre.

Ces gens-là n'étaient pas hostiles.

Marie-Annick et moi, on a vécu la vraie passion charnelle : on s'est tenu la main en se croisant les doigts. Je l'ai longuement pelotée là où seraient ses seins lorsqu'elle serait pubère, elle m'a montré le haut de son minou, en tirant l'élastique de sa petite culotte.

Moi, je me réservais pour quand j'aurais des poils.

On s'est même roulé deux patins homériques, mais comme elle a eu peur d'être enceinte, après ça, on s'est contentés de souder nos deux bouches hermétiquement closes et de tourner nos têtes en tous sens, par la suite, en se serrant fort dans nos bras.

De vrais baisers de cinéma.

Et le reste du temps, on jouait à la dînette au fond de son jardin, avec ses deux poupées Bella, à l'abri des regards, par chance, car je serais mort de honte si un de mes copains m'avait vu tomber aussi bas.

Hélas, à la fin des vacances, elle est repartie en Belgique.

J'en suis resté fou de douleur pendant près de quinze jours, puis le rugby a recommencé, et la vie a repris son cours.

Fini les gaufres et le chagrin d'amour.

Ensuite, il y a eu une longue accalmie, puis quelques histoires de cœur jamais très abouties.

À dix-sept ans, enfin, j'ai rencontré Chantal. Elle avait quinze ans et demi, de longs cheveux châtains, d'immenses yeux gris-vert, un cheveu sur la langue et des cuisses de sauterelle. C'était mon premier amour. Le premier amour véritable, celui qui vous rend prêt à faire n'importe quoi, voler une mobylette, s'engager dans l'armée, sauter du haut d'un toit ou réussir son bac, juste pour épater sa petite princesse. Mon père ne voyait pas ça d'un bon œil, loin de là : monsieur Gaubert, le père de Chantal, votait CNIP. Ils n'étaient pas du même *bord*, et mon père estimait qu'en matière de bord, ceux du CNIP avaient plutôt choisi celui du précipice.

Mais vu que j'étais un fils aîné et que j'avais l'âge de *fréquenter*, on tolérait mes incartades. J'étais de la graine de chef de meute. Un futur mâle dominant. C'était aux filles de se garder du loup, et aux parents de surveiller leurs filles.

La règle d'or, à l'époque, c'était : « Rentrez vos poules, on lâche notre coq. »

La mère de Chantal me détestait et ne s'en cachait pas. Un rejeton d'ouvriers socialos, non croyant, blouson noir ! Le plus mauvais parti, dans ses pires cauchemars. L'antéchrist en scooter, qui fréquentait les bars et jouait au flipper pendant les heures de messe. Lorsqu'elle nous voyait discuter sur la place, elle ouvrait ses volets et elle meuglait « Chantaaal ! » d'une voix de corne de brume, comme si j'étais une côte rocheuse et sa fille une barque en perdition. On se voyait en cachette, ça attisait la flamme pire que du gros sel. Moins on avait le droit, plus on avait l'envie. Combien d'unions auront été scellées par l'aiguillon de l'interdit et le malin plaisir d'emmerder sa famille ?

Chantal me guettait le soir à la fenêtre de sa chambre, je faisais le pied de grue devant le boulanger. On avait mis au point un système que l'on croyait original : quand ses parents étaient couchés, elle tirait deux fois les rideaux, c'était notre signal. J'allais l'attendre dans la rue de derrière, elle descendait sans faire de bruit, sortait côté jardin, et m'attendait à l'ombre du mûrier. Je sautais le mur pour la rejoindre.

Le petit Montaigu et la jeune Capulet se roulaient des patins à s'en couper le souffle et se cartographiaient avec fébrilité. On faisait *tout*, sauf l'essentiel, qu'elle préférait garder pour le mariage. Elle avait le malheur d'être bien éduquée.

Je rongeais mon frein jusqu'à la moelle et je salopais tous mes jeans. Elle me quittait avec des yeux scintillants de promesses, les joues rouges et la jupe froissée.

On s'est aimés pendant deux ans, sans jamais conclure l'affaire.

Puis j'ai rencontré Marie-Jeanne, une blonde potelée qui avait un peu moins de morale et bien plus de tempérament.

Myriam doit me trouver de bonne composition. Elle me répète à tout bout de champ :

– On n'en aurait que des comme vous, dans le service, ça serait plus facile, hein !

– Pourtant je suis râleur, non ?

– Pensez-vous ! Si je vous disais tout ce qu'on doit subir de la part des malades...

Je me doute bien que ce n'est pas marrant tous les jours, son métier. Mais je lui réponds que les malades subissent aussi. Et pas qu'un peu. Qu'ils sont même aux premières loges, avec une vue bien dégagée sur la douleur, l'angoisse, l'ennui, la solitude et tous les inconforts.

Et qu'ils ne sont pas payés pour, ni volontaires pour être là.

On choisit de devenir infirmier, mais pas d'être cancéreux ou accidenté.

Elle approuve d'un geste fataliste :

– Hé, vous avez raison, je le sais bien, va ! Je vais vous dire : moi, si j'étais malade, je ne voudrais surtout pas aller à l'hôpital. Mais bon, quand on n'a pas le choix, hein ?... Allez, je vous laisse, je continue ma tournée. Ah, au fait, le chirurgien ne viendra qu'en fin de journée, aujourd'hui.

Elle ne dit jamais « le docteur Machin » ou « le professeur Truc », mais « le chirurgien », comme s'il n'avait pas d'autre nom.

Elle dit « le chirurgien » comme elle dirait *Dieu*.

J'ai eu seize ans sans crier gare.

J'ai grandi d'un seul coup, pendant l'été 61. En trois mois, je suis devenu un gaillard tout en jambes et bras maigres, avec des grâces de gibbon, sans prétendre en avoir pour autant le QI.

Pépé Jean considérait ma croissance avec l'intérêt vigilant du chercheur pour ses rats de laboratoire. Il ne cessait de prophétiser que, bientôt, je mangerais sur la tête de mes parents. Pronostic avéré : en novembre, je regardais ma mère dans les yeux.

Au mois de mai suivant, je dépassais mon père.

Voir de haut le sommet de son crâne luisant, c'était autrement plus fort que ce qu'avait dû ressentir Gagarine dans sa fusée Vostok. La calvitie de mon père, c'était mon vol spatial.

Je cherchais tous les prétextes pour me mettre à côté de lui, afin de vérifier ma récente altitude. Dans cette famille de gens du Sud, tous bas du cul à tête ronde, 1 mètre 72, c'était proche de l'exploit.

À chacune de nos sorties familiales, les voisins se chargeaient de jouer les chœurs antiques :

– Mooon Dieu, comme il est graaand ! Mooon Dieu, comme il est bôôôô !

J'étais enfin un homme, à quelques détails près. Dont le mode d'emploi.

Lorsque j'ai abordé les remous périlleux de l'adolescence, mon père s'est mis à s'inquiéter de mes « fréquentations ». À ses yeux mes copains étaient des branleurs de première, une bande de bras cassés. Je me foutais de son point de vue, et ça le mettait hors de lui. On était une petite bande, Serge, Lulu, Dany, Patrice et moi. Tous perdus dans le train de la vie qui passe, sauf Serge, retrouvé il y a quelques mois. On vouait un culte sans limites aux blousons noirs, banane gominée, chaînes en argent, bagouzes en plaqué or. Je me coiffais comme Elvis Presley. Je roulais à fond des mécaniques. Des heures, j'y consacrais, à lever de la fonte, pour avoir des biceps, des abdos en béton.

Pendant deux ou trois ans, mes relations avec mon père se sont réduites à des éclats de voix, entre des épaisseurs de silences tenaces. Le jour, je faisais la gueule ; la nuit, je faisais le mur. Si par malheur il s'en apercevait, il attendait l'heure de mon retour, assis dans la cuisine, à faire ses mots croisés, à ronger son crayon, pendant que la pendule jouait les métronomes. Quand je rentrais enfin, l'haleine plus chargée qu'un porte-conteneurs, il hurlait en sourdine pour ne pas réveiller ma mère. Il menaçait, levait le poing, sans terminer son geste.

Moi, je faisais semblant de ne pas avoir peur.

J'avais pris de la carrure, ma voix était enfin descendue d'une octave, on n'allait pas me brider les hormones, ni me casser les noix. J'avais du poil, j'étais un homme.

Pépé Jean, qui se levait à l'aube, était le témoin privilégié de nos engueulades matinales. Il jouait les arbitres, comptait les points entre mon père et moi – le score étant toujours à mon désavantage. Il se faisait un plaisir de jeter de l'huile sur le feu par friteuses entières, reprochait à mon père sa trop grande faiblesse et me promettait un avenir de galères.

J'aurais voulu répondre qu'un de mes plus gros boulets, dans la vie, c'était lui. Je ne trouvais jamais les mots pour le lui dire.

À seize ans, on ne manque pas de colère, mais seulement de répartie.

Dans les périodes d'accalmies, mon père me tannait avec mon avenir.

Il espérait que je rentre à sa suite dans le monde glorieux des chemins de fer français. Il avouait pour moi des ambitions sans bornes : je monterais en grade, je passerais des concours. De cheminot, je pourrais devenir contrôleur. Chef de gare, qui sait.

Lui qui avait épuisé sa vie en de vaines luttes sociales, il me voulait de l'autre bord, celui des diplômés, des chefs, petits ou grands. « S'élever dans la hiérarchie », il n'avait que ces mots à la bouche. Sa fierté d'ouvrier, c'était que je sois cadre. Il me vantait la vie du rail, les avantages de carrière, la sécurité de l'emploi. Et plus il m'en disait, plus je m'emmerdais déjà.

Moi, je voulais de l'aventure, de la roulette russe dans le fond des tripots, des filles délurées, des bordels clandestins.

Je voulais une vie pas ordinaire.

Ici on *n'a* pas une fracture ou une maladie, on *est* cette fracture ou cette maladie.

Moi, je suis le « bassin de la chambre 28 ».

Je n'ose imaginer l'humiliation quotidienne, si j'étais hospitalisé pour une orchite ou des hémorroïdes.

Je tombe sur un article sur la prostitution masculine au Maroc. Et je pense à Camille.

J'ai été lamentable.

Je lui ai parlé avec la prétention de ceux qui se croient sages parce qu'ils disent tout haut le fond de leur pensée. Comme s'il suffisait d'être sincère pour être habilité à donner son avis. « Si j'avais un gamin, ça me tuerait de savoir qu'il fait ce que tu fais… »

Comment j'ai pu oser lui dire ça ?!

Toujours à la ramener, mézigue et ma grande gueule, et mon air doctoral.

Il a vécu du lourd, du méchant, ce gamin. Je repense à la façon qu'il a eue de me dire : « Dans ma famille, on n'aime pas les pédés. »

Je suppose que ses parents ont eu honte de lui et qu'ils l'ont foutu à la porte, comme des clients déçus renvoient la marchandise.

Pas de ça chez nous, merci.

Chez ceux qui sont bornés, la bêtise est sans bornes.

Ils devraient voir son courage, aujourd'hui. Il en faut de la volonté pour supporter tous ces moments sordides, tout en gardant intactes sa détermination et son envie de réussir.

Il habiterait en Thaïlande ou dans les favelas, ce môme, on trouverait son parcours admirable, on ferait des reportages, ça tirerait des larmes. Là-bas, il serait une sorte de héros.

Ici, c'est seulement une pute à homos.

C'est un mec bien, Camille, ce n'est pas si fréquent. Non seulement il m'a sauvé la vie, mais il est allé témoigner au commissariat, au risque de se faire emmerder par les flics sur son emploi du temps et son emploi tout court. Il est venu prendre de mes nouvelles. Et moi...

Moi, je peux toujours critiquer les cons, dans leur équipe je jouerais avant-centre.

– Si tu viens pour l'ordi, c'est non. J'ai un mail à écrire.

– C'est pas grave, m'en fous, j'ai le temps.

Elle s'assied.

Elle est hallucinante de sans-gêne, cette gamine.

– ... Mais ?... Tu comptes rester là ?

Elle me fixe d'un regard apathique, se tripote un bouton sur la joue, examine les semelles de ses pantoufles, soupire, s'assied, se tasse, se tait. On dirait un donut en jogging. Il faut dire qu'elle s'emploie sans ménager sa peine à soigner sa circonférence : toujours en train de mâchouiller un truc. Pour tout arranger, aujourd'hui elle porte son mp3 en sautoir, les écouteurs hors des oreilles, et ça balance un truc désolant sur fond de basses obsédantes, *boum ! boum ! boum ! boum !*

J'hésite sur le comportement le plus approprié, foutre un coup de béquille sur sa boîte à musique, ou appeler les secours. Je désigne le baladeur, je dis :

– Tu peux couper ton zinzin, là ? Ça me gêne.

Elle s'exécute, sans même renâcler.

Soudain, elle tente son plus beau sourire, et me dit :

– C'est mon anniversaire.

Alléluia !

L'effort était exténuant, elle se tait de nouveau.

Je tape deux-trois mots pour Serge, mais je ne parviens plus à me concentrer.

Il y a des gens auprès de qui le silence devient prurigineux comme une varicelle.

À quoi ça tient – ma bonne éducation, ou bien l'épuisement ? – je finis par lui demander :

– Et tu as quel âge, alors ?

– Quatorze ans.

Je tente une manœuvre habile :

– Tes parents vont sûrement venir te voir, pour ton anniversaire. Ils sont peut-être déjà dans ta chambre, tu ne crois pas que tu devrais y aller ?...

– Non, ça, ça risque pas.

Merde. Orpheline, peut-être ? Je lâche, au hasard :

– Désolé !

– Ça va, je m'en fous. Heu... vous avez fini, là ? Faut que j'*alle* voir...

– ... sur Facebook, je parie !

Elle sourit.

– Ouais-mais-non, je veux juste aller voir des trucs sur les prénoms. Le caractère, ce que ça veut dire, tout ça, quoi ...

Je ne comprends rien à ce qu'elle me raconte, et peu importe. Je sens bien que je n'aurai pas la paix si je ne cède pas, et je vais céder, ça paraît évident. Ma reddition prochaine me semble inéluctable. Ma volonté est devenue plus friable qu'une armoire infestée de vrillettes.

Il y a quelques années, je l'aurais renvoyée dans ses vingt-deux, plus vite encore que le temps de le dire. Parce qu'orpheline ou pas, qu'est-ce que ça peut me foutre ?!

Et là, j'irais dire oui à ce petit crampon, par compassion, usure, vermoulure ?

Je vieillis mal.

Pire, je vieillis mou.

Ma belle-sœur est venue me voir. La sœur d'Annie, Marie-Christine. Probablement avertie par mon frère, à qui je n'en demandais pas tant.

On échange quelques platitudes, aidés par les infos : un superbe ouragan, des centaines de morts, des maisons dévastées, quel malheur pour les assurances.

Au moment de partir, Marie-Christine me dit de garder courage et d'accepter cette épreuve envoyée par Dieu. Je lui réponds que je suis sceptique en ce qui concerne l'expéditeur. Elle soupire, attristée.

Elle est très croyante, ce qui ne me dérange pas, tant qu'elle garde ça pour elle. Mais elle remet Dieu sur le tapis à la moindre occasion, comme s'il était l'unique réponse aux questions, quelles qu'elles soient. Pour elle, c'est le cas : elle croit. Moi non.

Voilà le schisme.

Elle et moi, on n'a pas la même vision du monde. Nous sommes plus inconciliables que de l'huile et de l'eau. On aurait beau se battre ensemble, on n'arriverait même pas à faire une émulsion.

C'est familial, peut-être.

Pépé Jean avait eu le baptême comme on a ses vaccins, et c'était devenu un athée virulent. Mon père l'était aussi, mais sans prosélytisme. Il réservait ses coups de gueule pour les grèves et le patronat. À chacun son apostolat.

Ma mère ? Elle évitait en bloc tous les sujets « qui fâchent » : politique, argent, religion. On n'avait pas besoin de ça, on était déjà bien achalandés, question coups de gueule et coups de sang, entre pépé, mon père, et moi.

Moi, je suis un mécréant, et je m'en félicite. Que les gens croient, qu'ils ne croient pas, c'est leur problème. À chacun de se débrouiller avec la vie, la mort, les questions sans réponses et les doutes sans choix. Mais qu'on ne vienne pas se mêler de me dire ce que je dois croire ou ce que je dois faire.

Marie-Christine est désolée et pense que son devoir est de m'ouvrir les yeux. Je suis son bon sauvage à évangéliser. Elle est gentille. Elle me gonfle.

Je n'aime rien chez le missionnaire, hormis bien sûr la position.

Elle ne comprend pas mon hérésie, comme tous les intolérants. Je lui réponds que la religion exacerbe chez l'homme le pire autant que le meilleur, ce qui est une théorie facile à vérifier, de la splendeur des cathédrales aux terreurs des croisades et des inquisitions.

Ce n'est pas la croyance qui me gène, c'est ce que certains croyants en font. On a tué et on tuera encore au nom d'un Dieu hypothétique, auquel on prête – s'il existe – bien des médiocrités humaines. Au final, je me demande même ce que je crains le plus, de l'intégriste violent ou du prosélyte onctueux. Chacun brandit à la face du monde *son* Dieu, *ses* préceptes et *ses* textes sacrés, comme autant de drapeaux dans un stade. Les fanatiques ne sont qu'une foutue bande de hooligans de merde : dangereux, hostiles et butés.

– Je prierai pour toi, me dit Marie-Christine.

Dieu soit loué.

J'avais presque oublié que ma chambre a deux lits.

J'ai un voisin de souffrance. On l'a remonté de chirurgie tout à l'heure. Il est hérissé de tuyaux, il a un masque à oxygène, sa respiration est lourde, bruyante et difficile. J'étais dans le même état, il n'y a pas si longtemps.

Il a des cheveux blancs, des mains osseuses aux grosses veines bleues, il a l'air très âgé.

Deux auxiliaires baraqués le font glisser du brancard sur le lit, Tu le tiens bien, c'est bon ? Allez, à trois : un, deux…

Je m'attends presque à ce qu'ils le balancent comme un sac de ciment d'un ponton sur un quai. Mais non, le transbordement s'effectue en douceur.

L'un d'eux retape les oreillers, borde les couvertures. L'autre me dit, avec un beau sourire :

– Vous ne serez plus tout seul, comme ça ! Ça vous fera un peu de compagnie !

Je souris jaune bile et je me mords la langue pour ne pas leur répondre que, personnellement, je n'avais rien demandé.

Sitôt le nouvel opéré installé dans la chambre, la famille éplorée débarque. Ma tranquillité relative en prend un sacré coup. Ils sont nombreux, ils encombrent l'espace, la chambre me paraît minuscule, soudain. Il y a une très vieille dame – l'épouse, je présume – que l'on aide à s'asseoir près du lit et qui pleure en silence. Elle a le teint gris, les yeux rouges. Elle est accompagnée de trois grands types et d'une femme, entre quarante et cinquante ans.

Ils ont des voix sonores et pénibles, elle surtout, et n'arrêtent pas de parler.

La femme finit par s'emparer de mon fauteuil.

– Je peux ? Ça ne vous dérange pas ?

Sa question n'est là que pour la forme : elle s'assied sur le fauteuil et sur ma permission.

Deux autres visiteurs arrivent, un garçon et une fille d'une vingtaine d'années qui se tiennent par la main et qui restent un instant interdits sur le seuil, accablés.

Puis la jeunette me regarde d'un air vaguement exaspéré, comme si je dérangeais. Je suis l'intrus au milieu du drame familial.

Je n'y peux rien, j'étais là avant.

Myriam entre, qu'elle soit bénie, et s'exclame aussitôt :

– Ouh là, ouh là ! mais il y en a du monde, dans cette chambre ! Il faut le laisser se reposer, ce monsieur, après l'opération ! Une ou deux personnes à la fois, mais pas plus. Allez, allez…

Myriam a la technique pour repousser tout le monde en douceur. La chambre se vide comme un abcès, les murs s'écartent, l'oxygène revient.

La vieille dame reste seule avec un de ses fils, le plus discret des trois. Il me regarde, fait un signe désolé, chuchote :

– On vous dérange, excusez-nous, vous aussi vous devez avoir besoin de repos.

J'ai beau faire, ma mauvaise humeur se dégonfle aussitôt.

Il ajoute :

– C'est mon père. Il a fait un malaise dans l'escalier, une très mauvaise chute… Il a quatre-vingt-neuf ans, alors, vous comprenez… On l'a opéré tout à l'heure, mais ils n'ont plus de place en salle de réveil : un accident d'autocar, ce matin, ils en ont parlé, aux infos, une vingtaine de blessés graves. Du coup, ils sont complets, en bas.

Je lui souris, je trouve deux ou trois mots convenus et stupides.

La vieille dame ne pleure plus. Elle ne quitte pas son mari du regard, se cramponne à sa main inerte comme à une bouée de sauvetage. Rien n'existe à part lui.

C'est étrange, j'envie presque sa douleur.

Être seul, c'est aussi ne jamais s'inquiéter pour personne.

Dans la nuit, l'état du vieux monsieur s'aggrave, apparemment.

Il y a un long conciliabule à son chevet, entre le médecin, l'anesthésiste, l'infirmière de nuit, tout un remue-ménage silencieux dans la lumière des veilleuses. Finalement, on le remet sur un brancard. Je l'entends gémir, et sa respiration clapote dans le masque.

Le convoi s'éloigne dans le couloir, je ne gueule même pas pour qu'on referme la porte.

Je me dis que la vieille dame n'aura bientôt plus de main à tenir.

Je n'arrive pas à me rendormir.

La mort nous fait penser à la mort, par association d'idées, je suppose. Celle des autres nous ramène à la nôtre, à celle de nos proches, à l'éventualité de notre disparition. Cette « éventualité » qui est notre seule certitude, mais que l'on traite avec un curieux scepticisme, comme si on pouvait se permettre d'en douter. On vit tous en sachant qu'on marche vers la mort. On fait comme si de rien n'était. Mais il suffit d'un accident sur le bord de la route, d'un parent qui nous quitte, d'un téléphone qui sonne au milieu de la nuit, d'un médecin qui tire la gueule en regardant nos analyses, et elle revient, la mort, cette vieille salope. Elle nous met la main sur l'épaule, nous fout des frissons dans le dos.

Si le jeune Camille ne m'avait pas repêché, je ne serais plus de ce monde. Je serais défunt, c'est tout. Le cœur aurait cessé de battre, le cerveau de penser. Tout se serait arrêté aussi net qu'une télé qu'on débranche. Je ne manquerai pas à grand monde, puisque je n'ai pas d'héritiers et qu'Annie est partie avant moi, au grand mépris des statistiques. La seule chose qui me reste à léguer, c'est mon corps. Je veux bien le céder tout entier, tout de suite.

Mais j'ai beau être ouvert à toutes propositions, il n'y a pas foule au portillon.

Pépé Jean nous a tiré sa révérence, une nuit, à quatre-vingt-treize ans.

Mis à part mon hamster, c'était mon premier mort.

On l'a retrouvé couché droit comme un I, les bras le long du corps, les yeux clos, comme s'il avait voulu nous mâcher le travail en se mettant tout seul dans la bonne posture.

Un homme de devoir et d'ordre, jusqu'au bout.

J'ai pas mal hésité à me rendre dans sa chambre. Voir un cadavre, merci bien. À la fin, j'y suis allé quand même, par lâcheté, parce que je n'osais pas dire non à mon père. J'ai bien fait, ça m'a ôté la peur du vide : on aurait dit qu'il dormait, pépé, et puis c'est tout. Il était bien un peu jaunâtre, mais ça faisait longtemps qu'il avait pris ce teint de vieux papier journal.

L'employé des pompes funèbres a demandé à mes parents ce qu'ils comptaient faire du cher défunt, pour le cercueil, les fleurs, et la messe, et tout ça.

Pépé était libre-penseur, on s'est passés du goupillon. On l'a incinéré dans la plus stricte intimité. Difficile de faire autrement, vu que ses amis d'enfance l'avaient tous précédé depuis belle lurette et qu'il s'était fâché avec le reste de la famille, histoire de gagner du temps par rapport aux obligations.

On est rentrés chez nous après la crémation, avec le petit récipient en marbre de synthèse.

Mes parents se sont demandé s'il fallait mélanger ses cendres à celles de mémé Ginou, mais à l'idée de les rempoter, ils ont eu comme un coup de flou.

Mémé Ginou était depuis vingt-trois ans déjà dans le garage. Pépé Jean avait tenu à ce qu'elle reste là, « pour pouvoir la regarder pendant qu'il bricolait », à ce qu'il avait dit. Il ne bricolait plus depuis au moins quinze ans, mais on avait laissé mémé Ginou tranquille, sur l'étagère du milieu, entre sa vieille Singer et sa collection de *Paris Match*.

On lui avait foutu la paix. Elle l'avait bien mérité.

Mon père et ma mère ont tenu conseil, dans la cuisine, et j'ai même été invité à donner mon avis, en tant que fils aîné. Je n'en avais pas grand-chose à carrer, pour tout dire, mais j'appréciais d'autant plus chaque privilège qu'il rendait mon frère fou furieux.

Est-ce qu'il fallait rapatrier mémé Ginou dans le séjour ?

Envoyer pépé la rejoindre au garage ?

Oui, mais, dans le séjour, où est-ce qu'on les mettrait ? Sur la commode, ou la télé ?

Et, bon, dans le garage, il y avait déjà tellement de bordel…

Le funérarium, dans ce cas ?

– Non, ça, ça ne leur aurait pas plu, a dit mon père. Ils ont toujours refusé de vivre en HLM, ce n'est pas pour s'éterniser dans une ruche pour macchabées.

J'ai suggéré la dispersion des cendres, ma mère a répondu que ça lui ferait drôle d'éparpiller les grands-parents comme la poussière des carpettes.

Du coup, mon père a décidé qu'on les mettrait dans le puits en pneu et qu'on ferait pousser des plantes, en mémoire de leur souvenir.

Ma mère et lui sont allés choisir un cyprès, qui a crevé au bout de deux mois.

Hervé et Claudine sont venus me rendre visite et me porter quelques bouquins.

J'ai été dispensé de ma nièce Aurélie, et de Gaël, son cher et tendre. Hervé me glisse, histoire d'excuser leur absence :

– Bon, ben... ils sont désolés de ne pas pouvoir être là ! Ils auraient bien voulu venir, mais Gaël avait un séminaire à Nice, et Aurélie a dû l'accompagner.

Si la réunion avait eu lieu dans le 93, je ne suis pas certain qu'elle se serait dévouée.

Hervé enchaîne :

– Léo t'embrasse, je l'ai eu hier soir sur MSN.

Leur fils Léo est toujours à Port-au-Prince. Lui, il ne risquait pas de revenir exprès pour l'occasion.

Mon frère et ma belle-sœur parlent assez peu de Léo, le baba de la famille. À trente ans, il n'a toujours pas de *situation*, ça les inquiète. Ils espèrent encore qu'il finira par se trouver un « vrai travail », parce que le bénévolat, ça ne paye pas son homme.

J'ai renoncé à leur expliquer que Léo n'en a rien à carrer, du pognon. Il prend son pied en aidant des populations sinistrées à construire des maisons de paille genre trois petits cochons, en attendant que le loup vienne. Et il loge à la même enseigne. Faut-il être pervers.

Par contre, ils sont très fiers de leur fille, et plus encore de son mari qui est à la hauteur de leurs rêves les plus fous. On ne peut pas leur en vouloir. Je me dis que si j'avais eu des enfants, je tirerais peut-être vanité, moi aussi, de leurs choix déplorables.

Mon beau-neveu Gaël est spécialisé dans le *team building*, le *team learning* et les *événements outdoor*. Rien que l'énoncé me déprime.

Ce garçon est un échantillon vivant de son travail : bien coiffé, bien sapé, pragmatique, efficace, remarquablement creux. Il vit dans un monde parallèle dans lequel il est per-suadé que ce qu'il fait est important. Un univers virtuel, totalement improductif, mais, semble-t-il, incontournable, résonnant de termes obscurs aux oreilles du péquin moyen : organisations pyramidales, transversales ou matricielles, stra-tégies, déploiements d'objectifs, interfaces.

Je n'ai rien à lui dire.

Lui non plus, c'est heureux.

Quant à ma nièce, depuis qu'elle est maquée avec son *team buildeur*, elle a abandonné – sans efforts déchirants – toute velléité de penser par elle-même. Elle s'est transformée en « femme-de-Gaël » et elle a adopté sans faillir sa façon de penser, de parler, d'envisager la vie, la politique, les grosses cylindrées et les montres de prix. Elle est devenue parfaite et inutile, lisse et décorative. Ils forment un couple élégant, aimé de leur banquier, béni par le destin. Leur seul échec, c'est leur fils Jérémy, qui tient de pépé Jean son mépris de la hiérarchie, de mon père, un vieux fond de convictions sociales et de moi (ça alors !), une grande facilité à se moquer de l'opinion des gens. Un mélange harmonieux. J'aime bien ce gamin.

Une fois les excuses acceptées, et ma déception fort habilement feinte, voici l'écueil qui approche. Puisqu'ils sont là, il va falloir *parler*, ce que mon frère et moi sommes tout à fait incapables de faire. Dans ce genre d'occasion, ma belle-sœur est d'un grand secours, je dois le reconnaître. Elle trouve toujours des trésors de petits potins du jour, ce qui nous permet de tenir sans faillir l'heure de visite réglementaire.

Elle commence :

– Les Tureau te souhaitent bon rétablissement !

Et allez ! Depuis que je suis là, le monde entier me souhaite « bon rétablissement », par téléphone, mail, courrier, personnes interposées. Par pigeons voyageurs, ça ne saurait tarder.

« Bon rétablissement », quelle formule à la con !

J'ai l'impression d'être un gymnaste, je m'attends à ce qu'on m'applaudisse. Un petit salto vrillé, une roulade élevée, est-ce que ça vous irait ?

Je prie néanmoins Claudine de remercier les Tureau de ma part. Ça lui permet d'enchaîner, sans changer de braquet, sur ces mêmes Tureau, *tellement* agréables, et puis sur les Morel, les Gonsalvez, ce cher Ahmed, Pauline et Jo, leurs voisins ou amis que je n'ai pas revus depuis – au mieux – vingt ans et dont elle m'entretient comme s'il s'agissait de mes plus chers intimes.

Elle reprend sa respiration. Mon frère en profite pour glisser :

– Le fils Brunet te fait toutes ses amitiés ! Tu sais, Romain ?

– Ah, il est *tellement* gentil, celui-là ! dit Claudine, attendrie.

J'approuve mollement :

– Ah, ça !

Le ton de ma voix doit laisser transparaître à quel point je m'en fous.

Hervé relève la tête un instant, me jette en douce un regard de reproche fataliste.

Décidément, je suis un vrai sauvage, un vieil ours insensible.

Tout glisse sur mon poil sans me faire un épi.

Je crois que je ne saurai jamais ce que je faisais sur ce pont à cinq heures du matin.

Conséquence du choc, du stress, de la douleur, d'autre chose peut-être, une partie du disque dur est partie avec l'eau du bain. C'est devenu une évidence. Autant passer à autre chose.

J'ai même renoncé à faire des hypothèses. Cinq heures, c'est trop tard pour sortir d'un ciné, d'un théâtre ou d'un restaurant, je ne suis pas du genre à aller voir les putes, je n'ai pas de chien à aller faire pisser, c'était un peu trop tôt pour une promenade matinale, vu la saison.

Rien à faire, c'est le trou noir.

Je n'ai pas seulement perdu le souvenir de ce soir-là, mais également celui des deux ou trois jours qui l'ont précédé, voire même davantage. C'est difficile à dire avec exactitude, je manque de repères. Depuis que je suis à la retraite, certains jours se mettent à ressembler étrangement à d'autres jours, qui eux-mêmes...

Je constate une lente érosion de mon planning, qui m'offre désormais de grandes plages vides. Mais comme dirait mon frère Hervé, qui a le sens des formules absconses, « Tant que ça ne me dérange pas, je n'en suis pas importuné. »

En fait, curieusement, je me suis attaché à cette part de mystère.

J'aime pouvoir me dire que je vais peut-être me faire la surprise, qu'un jour prochain ça va me revenir. Je m'écrierai Bon Dieu ! Mais c'est bien sûr ! en me frappant le front, comme Raymond Souplex – le commissaire Bourrel – dans *Les cinq dernières minutes*.

Le neurologue semble moins optimiste. Il m'assure que beaucoup de gens ne récupèrent jamais le souvenir de l'accident, après un traumatisme crânien.

D'après lui, le bug restera.

Mais c'est un déprimé de la vie, cet homme, ça se sent. Il soupire tous les trois mots, laisse flotter des silences au milieu de ses phrases. J'ai toujours peur qu'il ne pique du nez avant de poser le point final.

Peut-être que fréquenter tous les jours des fêlés de la cafetière, ça finit, à la longue, par ébrécher l'émail. Il n'a plus l'air très étanche, en tout cas.

Je me réveille en sursaut d'une sieste comateuse, les yeux collés et la langue en carton.

La pisseuse s'est installée à la petite table.

Elle me jette un coup d'œil, me dit « salut ! », et continue de naviguer tranquille.

Je grommelle « laisse cet ordi », ce qui donne plutôt *llleche chetrr'di*, et je replonge un moment dans les bras de Morphine.

Lorsque j'émerge à nouveau, elle est encore là, mais sur la chaise près du lit, cette fois.

Elle me regarde.

Je peux sentir son parfum de supérette, c'est étouffant, ça me réveille complètement.

Je grogne :

– Tu attends quoi, là, au juste ?

Elle a un geste évasif, puis demande :

– C'est quoi, votre prénom ?

De surprise, je lui réponds :

– Jean-Pierre.

Elle hausse les épaules.

– C'est nul.

– Merci.

Elle tente de rattraper le coup, avec subtilité :

– Enfin non, c'est pas nul-nuuul… C'est un prénom de vieux, quoi.

– Finement observé. On peut savoir pourquoi tu poses la question ?

– Comme ça.

Autre silence. Interminable. Ma tension doit frôler les 25, mon cœur me cogne dans les tempes, je vais clamser d'un AVC, cette fille est horripilante, elle a le don de me foutre hors de moi. Enfin, elle dit :

– Moi, j'aime mieux Brad ou Justin.

Elle prononce « Djustine ».

Djustine.

Tu m'étonnes.

– Ou Britney. Pour les filles.

C'est gentil de sa part de me le préciser. Elle doit supposer que les sexagénaires sont tous cramés du bulbe. Je me demande comment me débarrasser d'elle, lorsqu'elle se lève en expliquant :

– Faut que j'*alle* dans ma chambre. Le docteur va passer.

– J'*aille*…

– Hein ?

– On dit : « Il faut que j'*aille* », et pas : « Il faut que j'*alle* »…

Elle fait la moue, elle dit :

– Ben non.

L'impudente greluche.

– Si, si ! Je t'assure.

– Ben non, ça m'étonnerait. C'est pas un verbe, « *ailler* ».

Soit.

Rien à rajouter.

Ma chambre est devenue le salon où l'on cause.

Ce matin, la pisseuse experte en linguistique. Et cet après-midi, le jeune flicaillon. Il vient discuter le bout de gras cinq minutes, tous les deux ou trois jours. J'ai failli lui demander pourquoi il me rendait visite et puis, finalement, je me suis ravisé. Je ne voudrais pas que ça le fasse réfléchir, changer d'avis peut-être, et ne plus revenir.

Il entre, vient me serrer la main, jette un coup d'œil au bouquin que je suis en train de lire, tire la chaise, s'assied. Parfois il reste au pied du lit, accoudé au montant métallique.

On blague, on philosophe.

On s'est découvert d'importants points communs : on aime les vieux westerns, les comédies anglaises, les romans historiques, le Moyen Âge, la bonne chère et le bon vin.

On parle de la vie et de la *société*, ce terme générique pour désigner tout ce qui vit dans un même groupe : fourmis, chasseurs, holdings, citoyens d'un pays.

J'aborde le sujet Camille :

– Vous connaissiez la « prostitution occasionnelle », vous ?...

– Oui, bien sûr. C'est relativement récent chez les étudiants, mais ça augmente. On en a un ou deux de plus, chaque année, dans le secteur. On les repère assez vite, mais bon... On leur fout la paix, en principe. Tant qu'ils se tiennent tranquilles et qu'il n'y a pas de drogue...

– Mmmhhh...

– De toute façon, qu'est-ce que vous voudriez qu'on fasse ? Qu'on leur mette une amende ? Ils la paieraient comment ?

– Mais vous trouvez ça normal, vous ?

Il fourrage dans son semblant de barbe, indécis.

– Heu... normal de se prostituer, vous voulez dire ?

– Non, de devoir faire ça pour finir ses études !

– Ah, ça ! Si je vous disais tout ce que je ne trouve pas normal, monsieur Fabre... Bien sûr que non... non, ce n'est pas « normal ».

Je m'y attache, à celui-là.

Je lui dis que, d'après moi, on peut juger de la santé d'une société à la place qu'elle donne aux jeunes et aux vieux. J'en parle en connaissance de cause : je n'ai pas de gamin. Quant à ce qu'on me réserve pour mon quatrième âge, j'attends de voir, avec grand intérêt, mais sans trop d'illusions. Les jeunes comme Camille ne sont pas des coupables, mais plutôt des victimes. Ils sont comme autant de symptômes alarmants, la manifestation d'une atteinte plus profonde. Un épiphénomène. Le velours de la moisissure, qui trahit le pourrissement.

Maxime en convient.

Il ajoute :

– Mais bon, en même temps... ils pourraient faire autre chose, pour gagner de l'argent...

– Pour en gagner assez pour être indépendants, et sans rater leurs cours ?

– Il y en bien qui le font, non ? Vous savez, des jobs d'étudiants, baby-sitter, serveur à McDo, voyez ?... Ce genre, quoi !

– Alors, figurez-vous que, d'après les statistiques, ceux qui ont un boulot régulier ont moins de chance de finir leurs études. Je vous fais part d'une science toute neuve : j'ai trouvé ça sur Internet, hier soir.

– Oh, je vous crois... je vous crois. De toute façon, ça devient n'importe quoi ! On en trouve même qui sont SDF, aujourd'hui... Ils étudient et ils sont SDF... Alors étudiant et tapin, ça ne m'étonne même plus. Ça vous étonne, vous ?

Pas le moins du monde.

Le pire n'est jamais sûr. On s'y emploie, pourtant.

J'en suis encore à pépé Jean. À lui tout seul, il tient plusieurs chapitres.

Je ne dirai pas que j'ai eu de la peine, quand il a passé
l'arme à gauche. Mais j'ai trouvé qu'il y avait comme un vide,
dans la maison. Au niveau du fauteuil, surtout.
     Un vide, et un silence, aussi.
     En fait, elle me manquait, sa voix de vieille chèvre qui me
bêlait des critiques à longueur de journée. Me pourrir l'existence, c'était devenu son occupation quotidienne, à pépé. Une
bonne raison d'ouvrir l'œil le matin. Un but. Mieux, une quête.
     Pépé Jean prolongeait peut-être mon enfance. Et sans doute
que, moi, je prolongeais sa vie.

La plupart du temps – sauf quand il s'ingéniait à me
prendre la tête – pépé restait muet, les yeux perdus, la tête
branlochante. Parfois, il nous faisait une crise de vers.
     Il se mettait soudain à débiter des rimes, d'une voix forte
et inspirée, sans bégayer d'une virgule, en ponctuant les fins
d'alexandrins du plat de la main sur l'accoudoir :

« Lorsqu'avec ses enfants vêtus de peaux de bêtes,
Échevelé, livide au milieu des tempêtes,
Caïn se fut enfui de devant Jéhovah... »

Gna-gna-gna, gna-gna-gna, gna-gna-gna, gna-gna-gna...

Nous attendions que l'éruption se calme ; mes parents, fatalistes ; moi, résigné. Je savais déjà que, une fois le poème dit, il m'interrogerait et que je ne saurais pas répondre. Impossible de retenir un nom d'auteur, encore moins une poésie. Ma culture était un peu fraîche, je prenais Stendhal pour un peintre, et Voltaire pour un fauteuil. Et ça n'y coupait pas, à la fin de la tirade, pépé Jean prenait une respiration, et laissait tomber la question fatidique :

– A-alors, Pie-errot ? C'es-est de qui ?

Je faisais preuve d'audace :

– ... Maurice Carême ?

Il levait les yeux au ciel, ricanait froidement. Je lui en voulais à mort.

Moi aussi, j'aurais pu clouer le bec à ce vieux con sénile et lui en déclamer, de la vraie poésie :

« Souvenirs, souvenirs
Je vous retrouve dans mon cœur
Et vous faites refleurir
Tous mes rêves de bonheur. »

Si je lui avais demandé : C'est de qui ? il l'aurait moins ramenée, sa science.

J'ai longtemps cru qu'il me détestait. C'était une erreur, à ce que m'a dit mon père, quelques années plus tard. Il m'aimait bien, pépé. Il me trouvait du *caractère*. Mais il faisait partie de ces gens à qui ça écorcherait la gueule de dire un mot gentil, de faire un compliment.

Mon père essayait de mettre ça sur le compte de sa génération.

– Avant, c'était comme ça, qu'est-ce que tu veux que je te dise ! Les gens étaient pudiques. On ne passait pas son temps à se frotter le dos ou à se lécher la poire.

Tu parles.

Pépé n'était qu'un acariâtre, un vieux râleur. J'ai dû hériter de ses gènes.

Je suis pareil que lui, un constipé du cœur.

Dix heures du matin. La chieuse est de retour.

C'est devenu une plaie récurrente : tous les jours, elle se pointe à la porte à heures variables et se dandine jusqu'à ma chaise, de son pas de caneton obèse.

Une fois effondrée – car elle ne s'assied pas, elle se laisse tomber – elle mâchouille son chewing-gum, la bouche grand ouverte, ce qui me laisse profiter de l'image et du son.

Je me montre aussi froid et distant que possible avec elle, et je ne pense pas me vanter en disant que mon possible, dans ce domaine, n'est pas très loin de l'infini.

Elle n'en a cure, la plaie d'Égypte.

Pire, je crois qu'elle m'aime bien.

Le plus souvent, elle attend que je lui donne mon ordi, massive, imperturbable, à côté de mon lit. Impossible de l'oublier, de faire comme si elle n'y était pas.

Lorsque Myriam passe dans le couloir, elle nous fait un petit coucou.

Hier soir, elle m'a dit :

– Elle est marrante, cette gamine, à venir vous tenir compagnie, comme ça. On dirait qu'elle s'est attachée, non ?

« Attachée », ça me fait penser à une platée de riz dans le fond d'une poêle.

Compact, collant, collé, difficile à enlever.

Oui, pas de doute : elle est très attachée.

Je ne sais pas comment font les auteurs. Pour moi, qui ne suis pas coutumier de l'exercice, je trouve qu'écrire ça prend du temps et que ça force à réfléchir.

Est-ce que c'est le fait d'être couché dans cette chambre triste, dans laquelle les secondes se mettent à compter double, ce qui double le poids de leur inutilité, qui me fait prendre conscience aujourd'hui seulement de l'ampleur de l'arnaque ?

La perte de temps, voilà ce qui me chagrine. Pas seulement le temps que je perds ici, mais celui que j'ai perdu depuis que je suis né. Pas les heures à rien foutre dans la béatitude, le nez dans l'oreiller ou entre les seins de mes copines, non : les jours gaspillés.

Le temps perdu dans une vie, c'est de la matière noire, un *rien* omniprésent, un immense néant qui prend toute la place, ou presque. Une fois mon histoire compactée, une fois le vide évacué, mes soixante-sept ans tiennent dans un mouchoir jetable.

C'est le principe du foisonnement : la terre extraite d'un fossé tient plus de place en tas sur le bord de la route que dans le trou où elle se trouvait, et les feuilles d'artichauts remplissent plus l'assiette, une fois l'artichaut mangé.

À vingt ans, à trente ans, je croyais pouvoir compter sur un magot énorme, inépuisable, un trésor de roi nègre, de tyran corrompu.

Je me retrouve aujourd'hui avec une tirelire plus très loin d'être vide. Un vieux petit cochon en céramique moche où tintent trois piécettes en mauvais chocolat.

Si on me rendait d'un seul coup le temps dilapidé à attendre qu'il passe, si on me remboursait les minutes stériles, j'aurais combien en banque ? Des mois ? Des années ?

Des décennies, peut-être, au taux des intérêts.

La vie est un escroc sans scrupules : si on n'y prend pas garde, elle vous plume à vif et vous laisse repartir avec les poches vides, comme un flambeur ruiné qui sort d'un casino.

Annie a fait les frais de mes choix professionnels, je l'ai compris trop tard.

J'avais choisi de travailler à l'étranger. C'était une envie personnelle, mais je me suis convaincu sans mal que ce serait beaucoup mieux pour nous : je gagnerais plus d'argent, nous pourrions profiter de la vie davantage.

En profiter ? Mais quand ?

Elle a vite renoncé à me suivre.

La poésie des ports de marchandises lui échappait, je crois. Les fientes de mouettes, les blattes sur les quais, les sirènes des bateaux et l'odeur du Crésyl, ce n'était pas suffisant pour la faire rêver. Les femmes sont difficiles.

Je voulais bosser à l'étranger à cause des avantages, mais surtout parce qu'ailleurs je me sentais *ailleurs*. Dans ma lignée de farouches sédentaires accrochés à leur racines et soudés à leurs rails, j'étais le premier à franchir des frontières, à fouler le sol de pays qui m'avaient fait rêver des heures, sur les grandes cartes Vidal de La Blache punaisées aux murs de la classe.

Au début, je pense qu'Annie a souffert de rester loin de moi si souvent. Ensuite elle s'est accommodée de mon absence. Et puis la solitude lui est devenue plus supportable que ma présence à la maison. On se veut indépendant, on devient superflu.

Les premiers temps, quand je rentrais, elle me demandait si j'étais resté sage, avec un petit sourire d'amoureuse, inquiète et confiante à la fois.

Un jour, elle a cessé de me poser la question. Pourtant, je ne l'ai pas souvent trompée, même si « pas souvent », c'est déjà excessif. Deux coups de canif dans le contrat, dont une fois où j'étais bourré, je me souviens seulement que c'était une blonde décolorée.

Deux écarts en trente ans, ce n'est pas un très bon chiffre. C'est un score trop minable pour être un chaud lapin, ça me disqualifie du côté des mecs biens.

La première, la fausse blonde, c'était un soir de repas d'entreprise. Il faisait chaud, elle était chaude, l'orchestre était pas mal, j'avais un peu trop bu, j'étais loin de ma femme depuis plus de trois mois, le cerveau reptilien gouvernait l'animal... Je me suis réveillé le lendemain matin avec la gueule de bois et la main posée sur un sein qui était trop gros pour ma paume.

La seconde, beaucoup plus tard, c'était une Chinoise qui s'appelait Jiao, ce qui veut dire « belle », et ça lui allait bien. On s'est aimés en pointillés pendant trois ou quatre ans, entre deux contrats, trois escales.

Je n'ai pas fait preuve d'un grand courage.

Sur le fond, je suis un fidèle, pas seulement par fidélité. Il y a une part d'égoïsme. Je trouve qu'on fait mieux l'amour quand on se connaît bien. Et je n'aime pas les emmerdements.

Je ne suis pas un saint, j'ai eu mon lot de triques, quand j'étais jeune et au-delà. Mais tout le fatras d'ennuis qui poussent comme du chiendent autour de la baise furtive, ça me coupe la chique. Mensonges, maladies, lardons adultérins, planent dans le ciel des amours illégitimes pire que des vautours au-dessus d'un charnier.

Dans mon boulot, certains ne comprenaient pas pourquoi je ne courais pas la gueuse, lorsque j'étais à l'étranger. C'est vrai que c'est facile, sous certaines latitudes. J'en ai vu tellement s'envoyer des gosses tout juste majeures – ça évite les ennuis. Et si elles n'ont pas tout à fait le bon âge, un billet, quelques cigarettes, ça suffit, la plupart du temps, à se faire oublier. Sinon, ils n'auront plus qu'à gueuler au scandale, prétendre que la fille a triché sur son âge. Ils ressortiront de chez les flics l'honneur intact, le portefeuille vide, ils en rigoleront le soir en payant leur tournée parce qu'après tout, on n'y peut rien, c'est la nature.

La bandaison, papa, ça n'se commande pas…

Je voudrais passer une retraite lubrique, j'aurais le choix des destinations. Je trouverais de la chair fraîche à mettre entre mes draps pour vingt euros par mois, la cuisine et le ménage compris dans le service. Une de ces pauvres petites putes aux yeux noirs, le nombril à l'air, les pieds nus dans les flaques, qui chassent le client près des bars. Et les clients ne manquent pas, la pénurie de fumiers n'est pas encore à craindre, on en trouve partout dans les nids à misère. Toujours dignes, toujours bourrés, le dessous de l'œil fripé, le teint brique. Ils me débectent. Ils sont vieux, ils sont laids. Ils sont pareils que moi, décatis, périmés. Mais ça ne les gêne pas pour frotter leurs gros bides, leur biroute affalée et leur couenne rancie sur des gamines qui ont l'âge de leurs petites-filles.

Je connais leurs blagues salaces et leurs discours malsains. « Ici c'est différent ; ça fait partie de leur culture ; qu'est-ce que tu veux, ils ont besoin d'argent, ça les aide à survivre… »

Pour un peu, ils se croiraient philanthropes, ces cons-là.

Après la mort d'Annie, j'ai rencontré Clotilde, et plus tard Béatrice.

Clotilde, c'était une tendre. Elle me maternait et je me laissais faire, mais ça ne suffit pas pour former un bon couple. On s'est vite ennuyés.

La tendresse, Béatrice en était complètement dépourvue. Pas de bla-bla, de câlins, de ronrons inutiles. Du sexe et du footing. Le sexe, tous les matins. Le footing, le dimanche.

À peine j'avais conclu l'affaire qu'elle sautait hors du lit, filait dans sa cuisine pour nous faire un café. Elle le faisait très bien.

Elle m'a plaqué sans commentaire il y a trois ans, pour refaire sa vie avec un prof de physique en retraite. J'aurais jamais cru ça possible.

Depuis, je suis tout seul, je me la mets sur l'oreille, je progresse à grands pas vers la sérénité.

Je bois moins de café.

Le kiné me trouve « très en forme ». D'après lui, je récupère « remarquablement vite pour un homme de mon âge ». Je le soupçonne de déballer le même baratin à tous ses patients de l'étage. On doit leur seriner la consigne, pendant leur formation : *Le-moral-du-patient-c'est-cinquante-pour-cent-de-la-guérison.*

Et c'est vrai que le moral, ce n'est pas superflu. Je n'aurais jamais cru que ce soit aussi dur de réapprendre à marcher. Se passer du déambulateur flanque encore plus la trouille qu'enlever les petites roues à l'arrière du vélo. Il faut dire que la dernière fois que j'ai fait mes premiers pas, j'avais treize ou quatorze mois, le sol me paraissait moins bas, enfin je le suppose.

C'est un peu loin, je ne m'en souviens pas.

Il y a quatre ou cinq jours, la pisseuse m'a vu en train de manœuvrer.

Elle est arrivée sans prévenir, ni demander si ça ne dérangeait pas. Pourquoi changer les habitudes ? Il semble clairement admis qu'elle est partout chez elle, principalement chez moi.

J'étais en train de cheminer lentement, de long en large devant la fenêtre, à petits pas inquiets, tremblants, appuyé d'un côté sur la canne tripode, soutenu de l'autre par le kiné.

Elle m'a regardé faire. Elle a hoché la tête, et elle a dit :

– C'est cool.

Fort de ce compliment lapidaire, j'aurais bien levé le pouce en signe de victoire, mais j'aurais dû lâcher ma canne, ça m'a semblé prématuré.

Depuis, j'ai progressé.

Je n'irais pas jusqu'à prétendre que j'avance à grand pas, mais je sens que je reprends possession de ce corps douloureux, qui sera bientôt, j'espère, tout à fait autonome.

Parmi mes petites joies retrouvées, ridicules et intimes, je peux aller pisser tout seul.

Je sais que ça n'a l'air de rien, mais je mesure à présent, à ce genre de choses anodines, la distance ténue qui sépare une vie normale d'une vie de chiotte, et c'est sans jeu de mots.

Maxime toussote.

– … Heu… je voulais vous dire…

Il s'arrête. C'est étonnant, cette façon qu'on a de se taire dès qu'on vient d'annoncer qu'on a des choses à dire.

– Je vous écoute, mon jeune ami.

Je vois bien qu'il cherche par quel biais attaquer le problème.

– Heu… oui, voilà… bon alors, en fait…

– Oui ?

– Vous devez vous demander pourquoi je viens vous voir…

– Ma foi… Ma gaité communicative, la vivacité incroyable qui me caractérise, la souplesse et la grâce de tous mes mouvements ?…

Il se marre.

– Heu… non.

– Non ? Dans ce cas, j'avoue que me voilà perplexe…

Il sourit en coin, puis – un brin plus grave tout à coup – me fixe de son air de gamin qu'on vient de punir sans raison.

– Vous ressemblez à mon père.

Oulà !

J'attends la suite.

– Enfin… vous lui ressembliez vraiment beaucoup, la première fois que je vous ai vu.

– Quand j'étais en réanimation ?

Je ne cache pas ma surprise.

– Oui… oui, justement. Enfin, je ne sais pas trop comment vous dire ça, mais la première fois que je vous ai vu …

Il prend une respiration.

– … vous ressembliez à mon père, la *dernière* fois que je l'ai vu.

J'apprécie moyen, je dois dire, mais je sens que ce n'est pas le moment de l'ouvrir.

Il continue :

– C'est surtout pour ça que je suis revenu vous voir, au début… parce que l'enquête, pour un simple accident de la circulation… pfff.

– Quoi ? Mon cas n'est donc pas palpitant ?

Il évite de répondre. Il se cale des deux avant-bras sur le montant du lit, se penche vers moi, et se lance. Je pourrai toujours me vanter d'avoir su faire parler un flic.

Son père est décédé d'une crise cardiaque, ici même, il y a quatre ans. Maxime a été prévenu très tard dans la journée, il était sur le terrain pour les besoins d'une enquête. Lorsqu'il est arrivé à l'hosto, dans la nuit, son père était dans le coma. Il ne l'a pas revu vivant.

– Quand je vous ai vu en soins intensifs, ça m'a fichu un coup, parce que vous lui ressemblez déjà pas mal, physiquement. Alors, avec le masque à oxygène, tout ça…

Je hoche la tête. J'imagine le retour en arrière infernal. Je comprends mieux son regard sur moi quand je me suis réveillé. Cet air inquiet, perturbé, qu'il avait.

Il répète :

– C'est surtout pour ça que je suis revenu, au début. Vous comprenez ?

– Pour me voir *moi*, au lieu de le revoir *lui*. Remplacer cette dernière image de votre père par la mienne, celle d'un vieux débris…

– Oui, je crois qu'il y a de ça. Vous trouvez ça bizarre ?

– Ce que je trouve bizarre, c'est que vous ne me contredisiez pas aussitôt quand je me traite de vieux débris…

Il éclate de rire.

Lui, il serait un peu moins jeune, on serait déjà de vieux amis.

Je n'ai pas vu mourir mon père.
Je n'ai pas vu mourir ma mère.
Pour Annie, je n'étais pas là.

Qu'est-ce qu'on peut ajouter à ça ?

Je ne suis pas un contemplatif. Je déteste ne rien faire. J'ai toujours été comme ça.

J'ai besoin de bouger, d'agir, de remplir à ras bord tous les petits tiroirs des minutes et des heures, comme un rongeur qui fait ses provisions.

Allers-retours du lit à la fenêtre, de la fenêtre à la porte, de la porte à la petite salle d'attente, de la petite salle d'attente au bureau des infirmières, qui commentent mon arrivée...

– Eh tiens, mais qui voilà !? On se balade, aujourd'hui ?

– Il en fait des progrès, ce monsieur !

– Bonjour, bonjour, mes blanches tourterelles...

Myriam se marre, et sa collègue aussi.

Je repars à petits pas, j'essaie de rentrer un peu le ventre, de redresser un peu le dos.

Je fais le beau. Je ne suis qu'un vieux pitre qui fait son numéro.

Chaque jour, ou presque, c'est le même rite : je refuse de lui prêter mon notebook, elle accepte ce refus avec un remarquable fatalisme, puis elle attend sans dire un mot que j'aie fini de m'en servir. Grâce à elle, je comprends enfin ce qu'est la force d'inertie.

– Il n'y a personne d'autre qui pourrait te passer un ordinateur ?

– Ch'ais pas. Mais y'a le vôtre, alors c'est bon.

Il doit y avoir écrit « blaireau » sur mon front dégarni.

Quand je finis par céder – et je cède toujours, c'est un vrai cauchemar – elle s'empare de son butin, et va tranquillement s'asseoir à la petite table, contre le mur, en face de mon lit.

Je lui ai interdit de sortir de la chambre. Elle a droit à une demi-heure, pendant laquelle je lutte pour ne pas m'endormir de peur qu'elle ne se barre avec l'ordinateur.

J'essaie de lire un peu et de faire abstraction de sa présence. Impossible. Elle tiape avec son chewing-gum, sifflote entre ses dents et, depuis quelques jours, pousse de gros soupirs à chaque mouvement, comme une vieillarde ankylosée.

J'ai bien pensé faire ma petite enquête, me renseigner pour savoir qui elle est, ce qu'elle a, mais je crains d'apprendre des choses déplaisantes, une maladie grave, une vacherie qui

149

la rongerait ici ou la minerait là. J'ai beau souhaiter sa mort chaque fois que je la vois, ce n'est qu'une mort virtuelle, une vue de l'esprit. Je ne veux pas *vraiment* la tuer. Pas encore.

Je voudrais seulement l'oublier.

Seulement, pour y arriver, il faudrait qu'*elle* m'oublie.

Pour ne plus avoir à subir son mutisme abyssal, je m'oblige, de temps en temps, à lui faire la conversation. C'est un exercice dans lequel j'ai acquis une certaine pratique, grâce à mon frère Hervé, grand pourvoyeur de platitudes et de silences en pointillés.

– Tu as trouvé ce que tu cherchais sur les prénoms, l'autre jour ?

– Ouais mais non, ch'ais pas trop.

– Tu cherchais quoi, ton prénom ?

– Ben non, je le connais, c'est bon.

J'éclate de rire, malgré moi.

Elle fronce les sourcils, réfléchit, rectifie :

– Non… c'est pas ça ce que je veux dire : je l'ai déjà cherché, ouala.

– Et tu t'appelles comment ?

– Maëva.

Elle tricote lentement son chewing-gum, le troue avec le bout de la langue, ajoute :

– C'est tahitien, ça veut dire « bienvenue ».

– Tu sais où c'est Tahiti ?

Elle hausse les épaules.

– Ouais, non, ch'ais pas trop… en Australie, je crois… Un truc comme ça.

Elle se met au clavier, elle tape lentement, des deux index, avec application, la joue barrée d'une mèche rebelle. Elle mâchouille, elle renifle, elle soupire.

Cette fille est une matérialisation vivante de l'arthrose : c'est une douleur chronique à laquelle on se fait peu à peu, mais qui ne vous lâche pas pour autant.

Si tu pouvais retrouver une chose que tu avais à vingt ans et que tu as perdue avec l'âge, tu choisirais quoi ?

Je ne comprends même pas ta question. Je n'ai absolument rien perdu, je suis frais comme à dix-huit ans. Une vraie jeune fille.

C'est vrai que les ans n'ont pas prise sur toi, j'ai vu ça tout de suite, quand on s'est retrouvés.
Non, sérieusement ?

Sérieusement, je ne sais pas trop. Je réfléchis. Et toi ?

Moi, je crois que c'est l'envie de « faire des choses ». J'ai l'impression que j'ai de moins en moins d'envies. Je ne sais plus m'enthousiasmer, je n'ai plus de grands frissons, tout m'emmerde. Comme si plus rien ne me faisait vraiment bander, dans la vie, tu vois ?

Pas du tout.

Bon, O.K. Donc, c'est pareil pour toi. Ça me rassure.
Même Nathalie s'inquiète, avant elle me trouvait pénible, maintenant elle me trouve triste. Je crois qu'elle préférait avant.

Alors fais un effort, sois de mauvaise humeur ! Ce n'est pas si compliqué, que diable !

Ecoute, même ça, j'ai du mal. Je n'arrive plus à me mettre en colère. Je râlouille, je fais chier le monde, mais c'est sans conviction, ça ne trompe personne.

Tu n'as jamais été très doué pour ça, de toute façon. Ne le prends pas mal, mais tu es un gentil garçon, mon pauvre ami.

Tu crois que c'est l'âge ?

Bien sûr que non, regarde-moi : imbuvable comme aux premiers jours. Non, ça ne s'use pas, je dirais même « au contraire »... Mais par contre, je te trouve un peu morose, l'ami. Ta crise existentielle, ce ne serait pas plutôt une crise de foie ?

C'est vrai que je suis crevé, ces jours-ci. Un excès de chouchen, peut-être ? En même temps, l'excès, ça ne me ressemble pas...

Je crois que je vois très bien ce que Serge veut dire lorsqu'il parle de l'enthousiasme et de l'envie, qui lui échappent. Je les sens s'éloigner, moi aussi. Et je deviens prudent.

Prudent, moi !

Quand j'étais jeune, j'aurais pris tous les risques. Je buvais trop, je roulais vite, je me lançais des défis stupides et dangereux. Frôler la chute, les ennuis, c'était ma façon d'exister.

Aujourd'hui, je me félicite de marcher vingt mètres sans tomber. Je me cramponne à ma canne, je tremble des genoux, j'ai peur de me faire mal. C'est le choc de l'accident, je sais. Seulement, si je réfléchis bien, cela fait plusieurs mois que je m'écoute un peu trop. Je me traite avec douceur, comme si j'étais en porcelaine. Je me berce en me disant que soixante-sept ans ce n'est pas la vraie vieillesse et que je suis encore au sommet de la pente.

Mais c'est une pente de toboggan. Il ne faut pas lâcher la rampe.

À vingt ans, je cumulais plus qu'un homme politique : je jouais au rugby, je levais de la fonte, je faisais du vélo, de la course, de la natation. Pour les filles, bien sûr. Pour quelle autre raison risquer une déchirure, un claquage ? Aucun type avant quarante ans ne pratique le sport pour rester en bonne santé. Ça, c'est un argument de vieux célibataire. De vieux, tout simplement.

Quand on est jeune, le sport, ça sert à se sentir plus fort, à séduire les autres.

À assurer sa place de mâle dominant.

À l'époque où j'étais ado, les mecs se jugeaient entre eux sur des critères simples et qui faisaient force de loi : avoir de bons biceps ou une belle bagnole, être une fine braguette ou le laisser supposer, et savoir picoler.

Je ne suis pas certain que ce soit très différent aujourd'hui, sur le fond, même si on se base sans doute sur d'autres références. Je ne suis pas expert en jeunes, loin s'en faut, mais l'espèce n'a pas dû changer à ce point-là. Entre quinze et vingt ans, la vie ressemble à un documentaire animalier : on lutte pour les amours et pour le territoire. S'il fallait pisser dans les coins chaque fois qu'on est en chaleur, les lycées fouetteraient comme des urinoirs.

« Si jeunesse savait, si vieillesse pouvait », sinistre connerie !...

La santé, on y pense quand on ne l'a jamais eue, ou quand elle s'effiloche.

La vie, on s'y accroche lorsqu'elle est en danger.

La jeunesse, on en parle toujours au passé.

Si « jeunesse savait », il n'y aurait ni actes gratuits ni tireurs de plans fous sur comète lointaine. Tout serait déjà prévu, planifié, encadré. On ne prendrait que les paris joués d'avance.

Du coup, on n'aurait plus le plaisir de gagner. On se ferait chier, et c'est tout. Autant ne rien savoir, sinon la perspective des échecs à venir nous découragerait. Et connaître ses bonheurs avant, ce serait comme ouvrir ses cadeaux de Noël en novembre. On aurait le cadeau quand même, pourtant ça n'aurait pas du tout la même valeur.

Si « vieillesse pouvait », elle continuerait sur la même lancée, sans recul, sans sagesse. Toujours creuser le même sillon, s'embourber dans la même ornière. Sans jamais dételer, bien cramponné aux rênes. Ne jamais rien lâcher, comme un vieux dictateur.

C'est parce qu'on ne peut plus faire certaines choses qu'on passe à autre chose. Bien obligé. La vie nous pousse droit devant, pas d'aire de repos, ni de rond-point pour faire demi-tour.

En avant le compte à rebours.

Mais on ne se réveille pas vieux un beau matin, on le devient, et pour s'y préparer, on a le temps nécessaire. On n'a pas été pris par surprise, pourquoi jouer les étonnés ?

Si j'avais su, je me serais peut-être évité deux ou trois traquenards, et il y a certains mots que je n'aurais pas dits. D'autres que j'aurais pensé à dire plus souvent. J'aurais peut-être aimé mieux, je me serais moins énervé pour ce qui n'en valait pas la peine et j'aurais davantage apprécié le menu mais, dans l'ensemble, maintenant que j'en suis au dessert – peut-être même au café, qui sait ? – je me dis que « si j'avais su », j'aurais vécu la même vie.

Et « si je pouvais », mis à part enlever ce foutu plâtre qui me gratte et retourner chez moi dès ce soir pour me faire un dîner qui soit digne de ce nom, je ne changerais rien. Même sous antalgiques, sur ce putain de lit dans cette putain de chambre, j'aime la vie que j'ai vécue.

Ça me convient, d'être vivant.

Je n'ai pas fini l'inventaire, je compte bien vivre cent ans.

Maxime s'étire, pousse un soupir, se masse le cou et les épaules. Il bâille comme un lion, les mâchoires grand écartées, avec vue sur son palais rose.

– La journée a été dure ?

– Pfff… la nuit, plutôt. On a planqué pour rien devant un immeuble jusqu'à quatre heures… Et à six heures, on avait une interpellation à domicile… J'ai la tête dans le sac.

– Votre vie est un vrai polar !

– Mouais, faut le dire vite. Dans les films, il y a de l'action pendant deux heures et, à la fin, on envoie les coupables en prison. Nous, on a surtout beaucoup de paperasse, entre les dépositions et les plaintes, et des heures à planquer dans des voitures banalisées. Sans compter les dealers, les abrutis qui tabassent leur femme, les voleurs à la tire, ceux qui font du racket et qu'on relâche faute de preuves ou que les juges remettent aussitôt dans le circuit à coups de sursis, parce que toutes les prisons sont pleines. Et je ne parle même pas de tous ceux qu'on n'arrive jamais à serrer. On n'est pas des Colombo, vous savez. Dans la vraie vie, on voit plus souvent des petits proxos de merde que des Mesrine ou des Ferrara…

– Mais, au final, vous aimez votre boulot ou pas ?

– Je l'aime les jours où je le fais bien et quand j'ai l'impression qu'il sert à quelque chose...

Il se tait, perdu dans ses pensées profondes ou le brouillard du sommeil en retard.

On change de sujet, j'aime autant.

Maxime est vraiment un type sympathique et je sais bien que les flics, on les déteste par principe mais qu'on est soulagés qu'ils soient là, si besoin. Pourtant, je me méfie quand même, pour raisons génétiques. On n'est pas élevé par un père militant de gauche sans éprouver une certaine réserve devant les forces de l'ordre.

Je lui demande :

– Vous pensez que vous pourriez faire passer un message à Camille ?

– Le jeune qui vous a tiré de l'eau ?

– Celui-là même.

Il réfléchit.

– ... On a ses coordonnées dans le rapport, ça ne devrait pas être difficile. Qu'est-ce que je dois lui dire ?

– Dites-lui seulement que j'aimerais le voir, s'il a le temps. Essayez de faire passer ça de façon diplomatique, c'est un très grand nerveux.

– Ah bon ? Je l'avais trouvé plutôt timide...

Je renonce à en dire davantage.

Puis Maxime me parle du nouveau film qu'il voudrait aller voir, et dont je ne connais ni le titre, ni le réalisateur, ni les acteurs principaux, et encore moins les acteurs secondaires.

Je me prends une claque format carte senior.

J'ai le choix entre zapper, pour cause d'inculture, ou bien m'intéresser. J'oublie ma vexation, et j'ouvre mes oreilles. Ce garçon est un vrai cinéphile. Il ne jure que par les VO et cherche à me convertir en me vantant le charme des sous-titres. Je lui explique que je n'ai rien contre, à part mes yeux, qui refusent absolument de déchiffrer les petites lettres au bas des écrans.

Il compatit sur mes misères, je lui dis d'arrêter, ça me pousse au tombeau.

Je suis resté tranquille pendant trois ou quatre jours.

Je pensais que la morveuse était rentrée chez elle. Fausse joie, la voici qui débarque sur le coup de onze heures, juste avant le repas, avec un paquet dans les bras. Quelque chose a changé dans son allure générale, mais je ne sais pas quoi.

Je chausse mes lunettes.

Je vois tout à la fois le ventre dégonflé, les seins qui paraissent encore plus énormes, et l'étrange asticot dans sa couverture jaune, trois poils sur le caillou, de petits poings crispés, une bouche rouge, des yeux plissés.

Elle dit, d'un air satisfait :

– Il s'appelle Justin.

Je bégaie :

– C'est... c'est le tien ?

C'est subtil de ma part.

Elle fait oui, elle tiape avec vigueur dans son chewing-gum verdâtre et me récite tout d'un bloc une liste de performances sans reprendre son air, au risque d'étouffer :

– Il est né avant-hier à 17 heures 20, il faisait 2 kilos 530 et 48 centimètres, il est verseau, on m'a fait une césarienne parce que sinon, il passait pas.

Je hoche la tête, incapable d'apprécier si c'est bien ou pas de s'appeler *Djustine*, d'être verseau, de peser dans les cinq livres et de naître par césarienne d'une mère de quatorze ans.

Je crois honnête de lui avouer que je n'avais pas du tout vu qu'elle était enceinte.

Comment aurais-je pu imaginer une avanie pareille ?

Elle n'a pas du tout l'air étonnée.

– Je sais, ça se voyait pas, tout le monde me l'a dit.

Je lui confirme sans rougir que son embonpoint se décelait à peine.

– Pouvez nous faire une photo ?

Elle me tend un petit appareil numérique. Difficile de refuser. Je tire deux ou trois portraits de la jeune maman et de son lardon neuf. Elle se tient bien droite, elle ne sourit pas.

Puis elle me demande si je veux bien prendre son mouflet deux minutes, ce que je refuse poliment avec horreur, sous prétexte d'incompétence.

Elle balaie mes excuses :

– C'est pour vous prendre tous les deux. Faut juste y tenir la tête, ouala, comme ça, c'est bon.

Elle m'agence prestement le têtard dans les bras, avec une dextérité surprenante pour une fille de son âge, mère depuis deux jours seulement.

La crevette sent l'assouplissant et un vague relent de lait caillé vomi.

Je réprime un haut-le-cœur.

Une fois bien calé dans mes bras, il ouvre un œil chinois, tout étiré en fente, il me dévisage comme si j'étais loin, et il a l'air de se fendre la gueule.

Je m'étonne connement :

– Il sourit !

– Il doit pisser, alors. Les bébés, ça sourit quand ça pisse, c'est l'infirmière qui l'a dit.

Les illusions n'existent que pour être perdues.

Ceci dit, je comprends ce marmot et son sentiment de bien-être admirable. Depuis quelques temps, je me surprends à sourire aux anges, moi aussi, lorsque j'arrive enfin à vider ma vessie.

Je lui poserais bien deux-trois questions, à la jeune maman. Simple curiosité intellectuelle, aucun attendrissement là-dessous.

Par exemple : pourquoi diable est-ce qu'elle a gardé ce bébé ? Qu'est-ce qu'elle compte en faire, au juste ? À quatorze ans, est-ce qu'elle entrevoit la galère que va être sa vie ?

Mais elle n'a pas l'air bilieuse, oh non. Elle nous photographie sous toutes les coutures, le bonzaï et moi, avec le zoom, sans le zoom, avec le flash, sans le flash.

La dame de service entre avec mon repas, et manque en lâcher son plateau, de surprise.

Elle s'extasie sur le nourrisson, à grands guili-guili, poutous-poutous, avec cette facilité écœurante des femmes à s'attendrir pour trois fois rien. Lorsqu'elle me félicite d'être l'heureux grand-père, j'en reste muet de saisissement.

Maëva ne relève même pas, elle dit simplement :

– Faut que j'alle y changer sa couche, en plus, c'est l'heure de sa tétée.

Et, en sortant :

– Je pourrai venir que ce soir, pour Facebook.

Je me suis retenu de justesse, j'ai failli lui répondre : « C'est pas grave, viens quand tu peux. »

Ça ne me vaut rien d'être ici, ça m'entame.

À la troisième fausse couche, Annie avait trente-neuf ans, elle s'est fait ligaturer les trompes, elle a jeté les magazines qui donnaient des idées de décos pour les chambres d'enfants.

On a tenté de faire avec, et puis de faire *comme si*.

Mais on ne vit pas sur des non-dits. Les questions jamais abordées et les mots jamais dits jonchent le sol comme des débris de verre. Après quelques années, le moindre pas fait mal.

Tout rappelle le manque : les enfants des copains, les rires des gamins dans l'école voisine ; savoir que l'on dira jamais mon fils, ma fille ; voir sa femme souffrir et ne rien pouvoir faire.

La vie entière en est gâchée.

C'est une pollution nucléaire : rien ne se voit, tout se détruit.

On s'est éloignés, elle et moi, lentement, sans même y prendre garde. Notre matelas s'est changé en dos-d'âne, chacun creusant sa marque de son côté du lit.

Annie s'est desséchée, elle s'est racornie comme une feuille morte. Elle s'est résignée.

Les gens qui ont perdu tout espoir ressemblent à des lieux profanés, à des maisons cambriolées. Un dédale de mises à sac, de lumières éteintes, de portes fracturées. Des courants d'air que rien n'arrête.

Du silence et du vide.

Je voyageais de plus en plus, je m'oubliais dans mon travail. Mes journées étaient pleines, actives, elles me semblaient courtes comme l'ombre à midi.

Et Annie restait seule avec sa solitude.

Inconsciemment, je crois que j'ai choisi de ne pas remarquer la maigreur, les cendriers trop pleins, les cheveux mal coiffés, les moutons sous les meubles, les cernes sous les yeux.

Se taire et ne rien voir, lâcheté confortable.

Le jour où elle est morte, j'étais à Novorossisk pour une société d'import de céréales.

Le temps que mes parents arrivent à me joindre, que j'aille à Gelendzhik pour trouver un avion, je suis arrivé trop tard, encore bien plus tard que le jeune Maxime avec son père.

Il n'y avait plus qu'une dalle en marbre couverte de fleurs fraîches et de mots désolés : *À notre fille adorée – À notre chère belle-fille – À ma sœur regrettée.*

L'enterrement avait eu lieu la veille. Mes beaux-parents s'étaient chargés de tout.

Je leur avais demandé de porter de ma part un simple bouquet de chardons bleus, la fleur qu'elle préférait. Surtout pas de ruban. Ils n'avaient pas pu s'y résoudre. Des chardons pour des funérailles, sans un seul mot d'adieu ? Qu'auraient pensé les gens ?

J'avais été représenté par une couronne de roses rouges barrée d'une formule ampoulée : *À mon épouse tant aimée*. Ces mêmes mots – que je n'aurais jamais écrits ou prononcés – repris en lettres chantournées sur une plaque en marbre agrémentée de deux colombes raides qui se becquetaient d'un air emprunté, vaguement ridicule.

J'étais mis à la porte de mes propres adieux avec cette force irrépressible et impossible à critiquer qu'ont les gens bien intentionnés.

J'ai parfois murmuré dans le vide les mots tendres que j'avais oubliés de lui dire.

Annie et moi, on ne faisait plus l'amour depuis longtemps. La belle affaire ! Nous formions un curieux assemblage. Une cohabitation de vieux colocataires qui font rêves à part dans un lit partagé. Mais même s'il n'y a plus de battements de cœur, quand l'autre meurt, quelque chose de nous l'accompagne. Ceux qui partagent notre vie en gardent un morceau dans le fond de leur poche. C'est leur lumière qui s'éteint, c'est à nous qu'il manque un éclat.

Myriam hoche la tête.

– Je comprends que ça vous étonne…

Elle dit ça tout en s'activant autour de moi telle une abeille industrieuse. Jeter le pansement sale dans la poubelle accrochée au chariot, m'envoyer une giclette de Bétadine glacée sur le tibia et la cuisse, ouch ! nettoyer les sutures avec une compresse, en prendre une autre avec ses pincettes, la déplier avec dextérité sans y mettre les doigts, et la positionner sur une de mes cicatrices.

– C'est joli, en tout cas.

– Pardon ?

– Vos cicatrices, là. C'est joli. Propre, net. Pas de rougeurs. Tout va bien.

– Mais vous l'aviez vu, vous, qu'elle était enceinte ?

– Bah… oui, quand même !

Elle a répondu gentiment, mais elle doit me prendre pour un vieil ahuri. Tout l'hôpital avait dû remarquer qu'elle était en cloque, cette pisseuse.

J'insiste :

– Enfin, *quatorze ans*, quoi ! Ça ne vous étonne pas ?

– C'est l'âge de ma fille, alors ça ne m'étonne pas : ça me fait froid dans le dos ! Mais vous savez, on a connu pire.

En principe, à cet âge-là, elles viennent plutôt pour des interruptions de grossesse. L'an dernier, la plus jeune avait à peine douze ans. Je le sais, j'ai une copine qui travaille au bloc, en gynéco-obstétrique.

– Douze ans ?!

– Oui, ça fait peine. Le problème, c'est que les mineures doivent avoir l'autorisation de leurs parents, pour l'IVG. Alors, entre celles qui ne savent pas qu'elles sont enceintes, celles qui tiennent à garder le bébé, celles qui n'osent pas en parler, et celles dont les parents sont contre l'avortement, il y en a toujours qui se retrouvent comme votre Maëva. Enceinte, et puis, après…

– Il y en a beaucoup ?

– Pas tant que ça, encore heureux. On en a quand même une dizaine par an dans le service, surtout pour des IVG, je vous l'ai dit.

– Mais pourquoi elles ne prennent pas la pilule, ces gamines ?

– Ce n'est pas si facile… Pour avoir la pilule, il faut une ordonnance. Ça veut dire voir un médecin. *Parler de ça* à un médecin. Ou aller au planning familial. Il n'y en a pas partout, loin de là. Vous imaginez ce que ça représente, pour une fille de douze ou treize ans, de demander la pilule devant tout le monde, dans une pharmacie ? Si c'est un homme qui est à la caisse ? Ou si c'est dans un petit village ?

– En même temps, si elles ont assez de maturité pour avoir des rapports…

Myriam range ses petites affaires – pinces, compresses, désinfectant – méticuleusement.

On dirait une mouflette qui joue à l'infirmière.

Elle secoue la tête :

– Vous croyez que c'est une question de maturité, vous ?

– ...

– La plupart de ces gamines, elles n'ont vraiment que douze ou treize ans dans leur tête, pas plus, même celles qui ressemblent à des bimbos ! Ce sont des petites filles qui veulent jouer aux grandes, ou qui n'osent pas dire non à leurs copains, de peur de passer pour des idiotes.

– Elles n'ont qu'à leur demander de mettre des capotes, à leurs copains, merde ! C'est en vente libre, ça, non ?!

– Vous aimez ça, vous, faire l'amour sous emballage ?

Coup bas.

Je proteste. Il ne s'agit pas de moi.

Elle sourit.

– Allez, sérieusement ?

– ... Il faut bien avouer que c'est moins... enfin, ce n'est pas...

– Eh ben voilà, ne cherchez plus, les autres sont pareils que vous ! Sauf que vous, vous êtes un adulte, vous pouvez admettre qu'il y a des contraintes. Mais les ados, on a beau leur parler du sida et du reste, pfff ! ils trouvent seulement que c'est moins bien avec un préservatif. Beaucoup refusent d'en mettre. Et si les filles sont faibles ou trop amoureuses, elles n'osent pas le leur imposer. Et les plus jeunes n'osent pas non plus aller voir l'infirmière du collège pour demander la pilule du lendemain.

Comme pour me consoler, elle ajoute :

– Mais bon, la *vôtre*, c'est peut-être une histoire d'amour, allez savoir. Je l'espère pour elle en tout cas. Quand elles sont enceintes à cet âge, c'est souvent un inceste ou un viol.

Je n'avais même pas pensé à ça, vieux naïf que je suis. Pourtant je ne suis pas né de la dernière pluie, je connais un peu la vie et ses joies ineffables, j'ai voyagé dans des endroits du monde où le viol était un sport, et l'inceste un passe-temps.

Myriam ajoute :

– Je demanderai à ma copine si elle en sait plus sur elle, tiens. Allez, je vous laisse, j'ai encore mes soins à faire. Vous n'êtes pas tout seul ici, hein ?

Je lui réponds que je le regrette, puisque ça m'oblige à partager avec d'autres – qui n'ont pas conscience de leur chance inouïe – le plaisir infini que j'éprouve à la voir.

Elle se marre, et s'en va. Sans refermer la porte.

Camille boude.

Je fais un effort surhumain. Surtout pas d'ironie, ferme ta gueule, Jean-Pierre.

– Je te remercie d'être venu.

Je le sens sur la défensive.

– Un inspecteur m'a fait dire de passer vous voir. Je n'avais pas trop le choix, apparemment.

Grand merci à Maxime et sa diplomatie.

– Assieds-toi, il faut qu'on discute !

Aïe ! J'ai laissé fuser trop de vivacité. Camille se fige plus vite que de l'huile au frigo.

Je continue, un ton plus bas :

– Je voudrais te demander un service…

– C'est déjà fait. Je vous ai sauvé la vie, vous vous en souvenez ? Mais si c'est pour rendre un service à l'humanité, je veux bien vous refoutre à l'eau.

Croiseur touché.

Je me redresse en me cramponnant au triangle qui se balance au-dessus de ma tête, ça me déchire dans la cuisse et dans le bas du dos, je réprime une grimace de douleur.

171

Je lâche :

– Un boulot, ça t'intéresse ?

– Non.

Silence.

Je laisse flotter le ver. Camille joue les bêcheuses, puis revient sur l'appât :

– Enfin... faut voir. J'ai des cours, je vous l'ai dit. Quel genre de boulot ?

– Ni pénible ni gratifiant, et plutôt mal payé...

Il lève les yeux au ciel.

Imperturbable, je poursuis :

– ... mais avec des horaires libres et un logement gratuit.

Il est intrigué, je le sens.

J'en profite pour lui placer mon alléchante proposition.

J'y ai longuement réfléchi. Je vais bientôt sortir d'ici et me retrouver confronté à un quotidien légèrement chamboulé par ma convalescence. La rééducation, la distance qui me sépare de la première supérette, la fatigue que ça suppose pour y aller et en revenir, le temps qu'il va falloir, « à mon âge et dans mon état », comme dirait aimablement mon frère, pour récupérer le plein usage de mes gambettes.

– Je te propose de faire mes courses, deux-trois heures de rangement par semaine dans mon appartement et, en échange, je ne te refile pas grand-chose, vu que je n'ai pas une retraite de banquier, mais tu auras gratuitement à ta disposition deux chambres, une salle de bains et un WC pour toi tout seul, et l'usage de la cuisine, évidemment.

– Pourquoi ?

Il a dû avaler un roquet, ce matin. Il ne parle pas, il jappe.

– Je viens de te le dire : pour me faire des courses, et pour...

– Non, *pourquoi* vous faites ça ?

Je résiste à l'envie de lui mettre une claque, ça nuirait aux négociations.

– Parce que j'ai une dette envers toi, et parce que ça me rendrait service.

Il recoiffe nerveusement la mèche qui lui mange les yeux, avec ce mélange de rudesse et de grâce qu'il y a dans tous ses gestes. Il plante son regard bleu azur dans le mien, sans ciller.

Il se tait.

Je réponds à la question qu'il ne m'a pas posée :

– Je n'attends rien d'autre de ta part, ne te fais aucune illusion, l'amour que tu me portes restera platonique. Question sexualité, je suis très traditionnel.

Il se détend, à peine.

– Écoute, c'est une offre sérieuse. Je sors dans trois semaines environ, je vis seul, ce sera difficile, et ça m'angoisse un peu. Si tu n'es pas intéressé, je m'adresserai à une agence d'intérim et je prendrai quelqu'un quelques heures par semaine, ce n'est pas un problème, mais j'ai pensé à toi parce que je sais que tu vas bientôt te retrouver à la rue, voilà tout. Si tu logeais chez moi, ça me ferait une présence la nuit, et toi, ça te dépannerait. Et puis, si j'ai du mal à enfiler mon falzar le matin, ou à mettre mes chaussettes, je serai moins gêné avec un homme, figure-toi. Je me suis dit que ça pourrait nous arranger tous les deux, cette affaire.

Il rejette ses cheveux en arrière, d'un coup de tête. Il hésite.

– Je dois vous répondre quand ?

– D'ici quinze jours. Je dois trouver quelqu'un avant de rentrer chez moi.

– Je vais y penser.

– C'est ça, penses-y.

J'ouvre le tiroir de la table de chevet, je prends mes clés, je les lui tends, avec un petit papier plié en quatre.

Il me regarde sans comprendre.

– Pourquoi est-ce que vous me donnez ça ?

– Va voir l'appartement, pour savoir si ça te convient. On gagnera du temps, comme ça. Je t'ai noté l'adresse et le code. C'est au troisième gauche. Il y a trois chambres, tu verras. Si mon offre t'intéresse, tu auras celle qui a une sortie sur le palier et la petite qui communique avec, ça pourra te servir de bureau. Elles donnent sur la cour. Les tapisseries étaient à chier, je les ai virées, mais je n'ai jamais repeint. C'est du brut de Placo, tu mettras des affiches. Ma chambre est de l'autre côté, sur le boulevard, elle a sa propre salle de bains. Tiens !

Il prend le trousseau, un peu abasourdi.

– Vous filez toujours vos clés à n'importe qui, comme ça ?

– Pourquoi, tu es n'importe qui ?

Croiseur coulé.

La morveuse a maigri, c'est sûr. Rien de tel qu'un accouchement.

Elle ne ressemble plus à un tonneau sur pattes. Je ne dirais pas qu'elle est devenue séduisante – c'est une gamine de quatorze ans, je n'arrive pas à la considérer comme une femme et, de toute façon, elle n'est pas jolie – mais je dois dire qu'il y a quelque chose de changé en elle, c'est évident. Une certaine sérénité, ou maturité, je ne sais pas.

Elle n'a pas le même regard, et le regard change tout dans un visage. La maternité lui va bien, je crois que c'est aussi simple que ça.

Elle est assise en face du lit, à la petite table, et tapote sur le clavier avec cette mine appliquée que je commence à lui connaître. Parfois elle laisse échapper un discret gloussement, sans doute une blague envoyée par une copine.

Elle a laissé le rejeton dans sa chambre, ce dont je lui sais gré.

Je me demande si elle l'a voulu, ce gamin, si elle a bien compris ce que c'est qu'un enfant, si elle aime le père ?

Maëva explose soudain de rire, elle bâillonne aussitôt sa bouche des deux mains, me regarde, devient toute rouge, s'exclame « pardon ! » d'un air plutôt sincère, et repart illico dans un fou rire tellement énorme que si elle tente de le réprimer il sortira par ses oreilles.

Je souris malgré moi.

Elle se marre plus discrètement, tape avec frénésie, s'arrête, lit, glousse comme une pintade, tape à nouveau du texte. Elle se balance au rythme des basses qui sortent de son mp3.

Elle tortille une mèche, se ronge l'ongle du pouce, je vois bouger ses lèvres quand elle lit la réponse. À l'intérieur de sa bouche, sa langue joue avec le piercing de sa lèvre inférieure, ce qui n'arrange pas son profil. C'est assez palpitant à voir, d'un point de vue anthropologique.

Je regarde l'heure, oulà, c'est bientôt les infos…

Une jeune mère doit avoir des contraintes dans son emploi du temps, non ?

Ça n'a pas l'air de la bousculer, en tout cas.

Je tente une feinte subtile :

– Ton bébé ne risque pas d'avoir faim ?

Elle jette un coup d'œil sur l'horloge en bas de l'écran, hausse les épaules, et répond sans me regarder :

– Ouais, si, c'est bon, je vais y aller.

Je suppose qu'elle dit au revoir à ses copines, ça prend un peu de temps pour écrire dix mots.

Elle vient reposer l'ordinateur sur la table de chevet, les yeux encore pleins de rires.

– Il s'appelle comment, le père ?

– Hein ?

– Le père de ton bébé, tu sais comment il s'appelle ?

À voir son air sidéré, je me demande brutalement si elle a bien compris que les enfants ont forcément un père. A-t-elle saisi le lien qu'il peut y avoir entre cause et effet, du passage à la casserole au rigolo dans la console ?

Mais elle répond, vexée :

– Ben oui, je le sais ! Il s'appelle Lucas !

– C'est ton amoureux ?

Elle lève les yeux au ciel. Elle répond d'un ton dédaigneux :

– Pfff, c'est pas mon « amoureux », c'est mon copain, ouala.

– Mais, heu… il est content, d'être papa, ton copain ?

Elle me sourit jusqu'aux molaires.

– Ben ouais, il est trop fier. J'y ai envoyé les photos que vous m'avez fait ce matin.

Bien, bien, bien.

– Et… il a quatorze ans, lui aussi ?

Elle ouvre des yeux grands comme des plats à tarte. Je sens qu'elle se retient de justesse pour ne pas me répondre : « Vous êtes con, ou quoi ? »

– Pfff, ça risque pas ! Il a vingt ans... 'fin… presque.

Mouais, il ne doit pas être beaucoup plus mûr qu'elle, ce Lucas de « presque » vingt ans !

Soudain je crois entendre Camille, « Vous ne pouvez pas vous arrêter de juger les gens, vous, hein ? » Je mets un mouchoir sur mes a priori et je pose un garrot serré sur le flot de mes certitudes. À force de penser comme un vieil imbécile, on finit par le devenir.

Puisque la musaraigne se prête de bonne grâce à l'interrogatoire, j'en profite pour placer la question qui me brûle les lèvres :

– Mais… vous le vouliez vraiment, ce petit ? Tu es encore très jeune, non ?

– Ouais, mais comme ça, je vais pouvoir me casser de chez moi.

– Oh oh, tu y étais si mal que ça, chez toi ?

– Ouais, je pouvais jamais rien faire. Mais ça me gave d'être ici, aussi ! Un mois, ça va, c'est bon !

– Un mois ?

Elle cale sa chique contre sa joue, renifle, hoche les épaules.

– Ouais, le médecin voulait me garder pour le passage de la tête et le poids du bébé, tout ça. Mais là c'est bon, c'est fait, je sors dans trois jours, ça va.

J'ai une pensée émue pour ma tranquillité. Trois jours. Vivement la quille…

Maëva continue, elle n'a jamais été aussi bavarde :

– On va se marier, avec Lucas, comme ça je serai majeure légale. Après, je pourrai faire ce que je veux, je serai libre, c'est bon.

Libre avec un mouflet ? Eh ben ça reste à voir…

Dans les hôpitaux, le téléphone est installé de façon scientifique, en tenant compte de deux paramètres essentiels : la distance qui le sépare du lit, qui doit être légèrement trop grande pour pouvoir décrocher aisément dès la première sonnerie, et la puissance de ladite sonnerie, qui doit être assez forte pour déclencher des acouphènes.

J'arrive à décrocher après cinq tentatives.

Je reconnais aussitôt la voix de ce vieux Serge.

Il s'exclame :

– Eh bé, putain, c'est dur de t'avoir, dis donc ! Chaque fois que j'appelle tu es en salle de rééduc' ou tu passes des radios. Tu vas devenir fluo, fais gaffe.

– Salut l'ami, tu es rentré de vacances quand ?

– Il y a deux jours, je n'ai pas pu t'appeler avant.

– Comment va ?

– J'aimerais te dire « très bien » mais ça va moyen, pour tout dire.

– Qu'est-ce qui t'arrive ?

– Mon cardiologue fait la gueule. D'après lui, j'ai le palpitant qui déconne à plein tube. Il prétend que c'est la cigarette, moi je penche pour le kouign amann. Je crains de m'être enfilé une dose létale.

Je connais Serge, moins ça va, plus il fait le con.

– Et tu es censé faire quoi ?

– Me faire ouvrir en deux comme un poulet pour faire des raccords dans ma tuyauterie. Il appelle ça un triple pontage, moi j'appelle ça de la boucherie.

– D'ici combien de temps ?

– J'y passe lundi prochain.

– Oh ?!

– Affirmatif. Je n'ai pas la vie devant moi pour agir, à ce qu'il paraîtrait…

– Si je comprends bien, tu vas entrer à l'hosto juste avant que j'en sorte.

– Ouais, un clown chasse l'autre !

Il rigole, moi aussi.

On peut bien se marrer : on est encore en vie.

– C'est un cas, votre gamine.

Myriam fait son inspection en papotant, comme à son habitude. Je sens bien qu'en ce qui me concerne c'est devenu de la routine, mon état n'inspire plus d'inquiétude, mais elle demeure consciencieuse. Elle vérifie ma tension, prend ma température dans mon oreille gauche.

Depuis que je suis entré ici, j'ai l'impression d'être une bagnole entre les mains d'une bande de garagistes obsessionnels. Niveau d'huile, pression des pneus, révision des 67 000.

Je m'attends d'un instant à l'autre à ce qu'on me soulève le capot.

– Pourquoi, « un cas » ?

– Elle vit en foyer depuis environ un an, d'après ce qu'on m'a dit.

– Ah bon ? Elle m'avait raconté que « chez elle » elle ne pouvait jamais rien faire.

– Oh, « chez elle », ça fait un bail qu'elle n'y vit plus ! Une de ses éducatrices a discuté avec une collègue à moi. Elles sont du même club de sport.

– Et, donc ?

– Le père de la gamine est en prison pour plusieurs mois, une bagarre au couteau, avec un blessé grave. Vous pourriez déplacer

votre jambe, juste un peu, là ?... voilà, parfait. On va laisser tout
ça respirer à l'air libre. Vous cicatrisez bien, ça ne se verra même
pas, vous avez de la chance... Qu'est-ce que je vous disais ?

– La gamine...

– Oui ! Alors, à ce qu'il paraît, la petite ne s'entendait pas du
tout avec sa mère, elles se battaient, toutes les deux. Lorsque
le père s'est retrouvé en prison, la gamine est partie de chez
elle, elle a vécu dehors plusieurs semaines, et s'est fait arrêter
pour vol à l'étalage. À même pas treize ans !...

– Mmmhh... Pas terrible, comme départ dans la vie.

– Je ne vous le fais pas dire. On l'a ramenée chez sa mère,
elle a refugué cinq ou six fois, et on a fini par la mettre en foyer,
étant donné qu'elle n'a pas d'autre famille. C'est là qu'elle a
rencontré son copain.

– Allons bon ! Il est en foyer, lui aussi ?

– Non, pas du tout : il est cuistot dans leur cantine.
L'éducatrice dit qu'ils sont vraiment amoureux tous les deux.
C'est un petit jeune très responsable. Il est sérieux.

Je me fends la gueule.

– Vous avez une drôle de conception de la responsabilité,
vous ! Un garçon de presque vingt ans qui fout enceinte une fille
qui en a treize, c'est plutôt moyen pour un jeune « sérieux », non ?

Myriam rigole, approuve de la tête, en ôtant la dernière
compresse.

Elle dit que j'ai raison, que, vu comme ça, évidemment...

– Mais quand même, il est amoureux ! Il paraît qu'il est très
heureux d'avoir ce bébé. Vous savez, il y en a beaucoup qui se
seraient envolés, dans un cas pareil. Un bébé, pour un homme,
c'est un vrai engagement, je peux vous dire.

Je suis sûr que c'est vrai, même si je n'en sais rien.

– Ce n'est pas très prudent de lui donner vos clés, je trouve.

– Mon jeune ami, je ne suis pas méfiant.

– Moi je le suis, boulot oblige. Il a l'air sympathique, je ne vous dis pas le contraire. Mais des petites frappes qui ont une gueule d'ange, il y en a plein les prétoires et les commissariats.

– Ce sont les flics et les avocats que vous traitez de petites frappes ?

Maxime se marre.

– Vous ne mettez jamais sur pause, vous ! Non, sérieusement : vous ne savez rien sur ce jeune, sauf qu'il tapine en bord de Seine. Ce n'est pas le meilleur argument dans une enquête de moralité.

– Qu'est-ce que je risque, à part me faire voler une énorme télé qui a plus de quinze ans ? Je suis sûr qu'il est bien, ce gosse.

– Vous dites ça parce qu'il vous a sorti de l'eau.

– Ah, ça… Le fait qu'il m'ait sauvé la vie, ça joue un peu en sa faveur, je ne peux pas le nier !

– Bon, je n'insiste pas. De toute façon, on a ses coordonnées, s'il y a le moindre souci, il sera vite retrouvé. J'espère seulement que vous n'aurez pas de mauvaise surprise.

183

– Je vais vous dire : à force de tout faire pour éviter les « mauvaises surprises », on finit par rater les bonnes, aussi.

Il sourit.

– Vous avez raison. Je me comporte parfois comme un vieux con...

– Ne soyez pas présomptueux : de nous deux, le vieux con, c'est moi. Contentez-vous d'être un jeune con, et ne cherchez pas à brûler les étapes. Tout viendra en son temps, croyez-moi...

– Ben je pars, alors je suis venue vous dire au revoir, ouala.

Elle a mis une jupe en jean pas plus haute qu'une ceinture, des filets de sécurité à mailles larges en guise de collants, et un pull assez vaste pour contenir ses seins.

Elle mâchouille, comme d'habitude, et se déhanche d'un côté l'autre pour suivre le *boum ! boum !* qui sort de ses écouteurs, peut-être également pour se donner contenance.

– Ton amoureux va venir te chercher ?

– Ouais, dans une heure, c'est bon ! Mais ça va, c'est pas mon…

– … ton amoureux, je sais !

Elle tire sur sa mèche, se frotte le dessous du nez avec le dessus de la main, demande :

– Je peux aller un coup sur Facebook, vite fait ?

– Je t'en prie.

Elle n'en revient pas. D'habitude, je lui oppose un « non » instantané, dont elle n'a d'ailleurs rien à foutre. Ma permission la prend de court.

– Cadeau de départ ! je dis.

Elle sourit, prend l'ordi, zouke avec lui jusqu'à la petite table en face de mon lit, s'effondre sur la chaise. Je la vois bidouiller.

185

– Tu fais quoi, là ?

– Je mets des photos pour mes copines.

Des portraits de l'enfant de l'amour, je présume.

Je suis d'une grande tolérance, vu qu'elle quitte mon horizon ce soir et que, par ailleurs, je suis plongé dans un Ken Follett qui m'a chopé dès les premières pages. Merci au flicaillon de me l'avoir prêté. Pour moi qui ai la grande chance d'être un lecteur très lent, mille pages d'un bon bouquin équivalent à des jours de plaisir solitaire.

Pour la peine, j'ai promis à Maxime de l'inviter, dès ma sortie, au *Chapon Déluré*, un petit troquet que j'aime bien, en bord de Seine, qui commet en toute impunité des spécialités de confits, de truffes et de foie gras à vendre père et mère.

Il m'a dit :

– Non, non, c'est inutile, vous n'avez pas à me remercier. Quel jour, vous avez dit ?...

Je gage qu'on reparlera de la date bientôt : le chirurgien ne vient plus m'emmerder, ce qui est bon signe, je suppose.

La morveuse tapote ses mémoires, des deux index, sur Facebook. C'est sa drogue.

Je me suis ouvert un compte pour voir ce qu'il en est. Il faut être encore jeune ou crever de solitude ou d'ennui pour accepter autant d'*amis* dont la plupart viennent d'on ne sait où, dont on s'était passé avant d'ouvrir son compte et en compagnie desquels on ne tiendrait même pas dix minutes avant d'être lassés, en temps normal.

Voilà, Maëva vient de finir son partage de photos, elle se lève.

– N'éteins pas, s'il te plaît, je dois aller sur ma boîte mail.

– O.K., c'est bon.

Elle vient reposer l'ordinateur sur la table de chevet, avec des précautions de nourrice.

– Je pars après le repas de midi.

– Tu es contente, je suppose ?

– Ouais, c'est trop cool. Il me tarde, maintenant.

– Et le prénom « Justin », au fait...

Je m'applique à prononcer comme elle, à l'américaine.

– ...Tu ne m'as pas dit ce que ça voulait dire ? Tu le sais ?

Elle sourit. Je profite, en contre-plongée, de son chewing-gum baveux, qu'elle vient de se carrer entre deux prémolaires.

– Ouais. Ça veut dire « raisonnable »...

– Espérons qu'il le soit, alors !

Elle rit.

– Bon, ben...

On dirait mon frère.

Elle se tortille, elle ne sait pas comment me dire au revoir. Elle finit par lâcher :

– ... J'y vais, alors.

– C'est ça, bonne route. Et pense à t'acheter un ordi !

Elle glousse. Elle hésite, puis :

– J'espère que vous allez sortir vite... et que... ça va aller.

Je lui fais un clin d'œil.

– T'en fais pas pour moi, je suis un dur à cuire, j'en ai vu d'autres !

Elle approuve de la tête, me fait un petit salut de la main, sort de la chambre et de ma vie.

Sans refermer la porte.

Je vais écrire un petit mot à Serge, qui doit flipper pas mal. On flipperait à moins.

La morveuse a laissé sa page Facebook ouverte. Son « mur », comme disent les adeptes de la nouvelle secte. C'est rempli de messages idiots – tellement truffés de fautes que c'en est poétique – et de photos de jeunes cons en train de faire des grimaces, doigts en cornes derrière la tête du copain, yeux qui louchent. Rien de neuf chez l'ado bourré.

Comme je suis curieux, je regarde son album, vu que l'intimité y est en libre-service.

Je découvre la tête du papa, le fameux Lucas « de vingt ans ». C'est un petit gros avec une bonne bouille, l'air honnête, franc du collier, pas compliqué. Le genre de type dont on sait au berceau la gueule qu'il aura cinquante-cinq ans plus tard. Il y a une série de clichés de lui et de la morveuse, qui s'arrondit, dans une fête foraine, un café, sur une marche d'escalier, avec un groupe de copains. L'expo est commentée : *Doudou et moi a la féte ; L'aniversaire de Magali on a trop rigolés ; Doudou et moi, sa fait un an !*

À leur façon de se tenir encastrés, l'un et l'autre, on sent bien que c'est de l'amour, même si ce n'est pas son *amoureux*.

Et puis il y a trois photos prises ici même, dans ma chambre.

Deux de celles que j'ai faites de la jeune maman et de son mailleton. *Mon petit amour*, dit la légende. Une avec moi, le bébé dans mes bras. Moi et ma tête de vieux con misanthrope, de grincheux mal rasé. Moi, qui tiens dans mes bras empotés la larve compisseuse.

Et dessous, la légende : *Justin et son papi Jean-Piere.*

Elle n'a mis qu'un seul *r* à Pierre.

Ce n'est vraiment pas une raison pour se sentir à ce point remué.

Je suis en train de m'habiller. La porte s'ouvre à la volée, puis l'aide-soignante toque.

Elle entre en marchant de profil, comme un bas relief égyptien, la tête tournée vers le couloir, tout en finissant une phrase qui ne m'est pas destinée. J'entends sa collègue éclater de rire.

Celle qui est entrée balance Tu aurais vu sa tête !... puis, sans reprendre son souffle et en riant toujours, elle me gueule d'un ton musical :

– Bonjoooour, on a laissé ça pour vous à l'accueil !

Elle jette une enveloppe sur ma table, et repart aussitôt, sans refermer la porte.

Je finis de me battre avec mon pantalon, tout en répondant poliment aux saluts de tous ceux qui passent dans le couloir.

Dans l'enveloppe, il y a mes clés.

Camille n'a pas jugé utile de me les donner en main propre. J'y vois une façon désinvolte de me répondre merde. Et ça me fout en rogne.

Pourquoi est-ce qu'on se sent tellement rejetés, quand nos cadeaux ne sont pas appréciés ?

À croire qu'on reste toute la vie des gamins de maternelle, quand on cherchait dans les yeux de nos mamans de l'émerveillement pour nos colliers en nouilles.

Je trouve aussitôt des raisons de m'en foutre : je serai plus tranquille tout seul chez moi qu'avec ce gamin dans mes pattes. Il a l'air bien sympa, mais c'est quand même un peu une tête de mule. Si ça se trouve, il aurait passé son temps à écouter du rap, et j'ai horreur de ça.

Je lui propose mon aide, il n'en veut pas ? Qu'il aille se faire voir, ce petit con !

Quand je pense que je faisais ça pour lui rendre service !

Moi, je n'ai besoin de rien, surtout pas qu'on m'assiste. Je trouverai quelqu'un d'autre pour me faire les courses. Je me débrouillerai comme un grand.

Je ne suis pas handicapé à ce point-là.

La preuve, j'ai réussi à mettre mon pantalon sans aide, en moins de dix minutes… et je m'en réjouis comme un gosse de quatre ans qui arrive pour la première fois à enfiler ses gants.

Je m'afflige moi-même.

Je sors, la tête haute et la béquille alerte, pour aller me changer les idées à la cafet', au rez-de-chaussée. Dans l'ascenseur, une dame d'un certain âge, c'est-à-dire plus jeune que moi, me mate – avec une discrétion qui ne m'échappe pas – en dessous de la ceinture.

Je lui souris, elle détourne la tête. Je respecte son trouble.

Je sors de l'ascenseur, je vais à la cafet', je commande un café, et je reste debout près de la baie vitrée, un vague sourire aux lèvres.

Un aide-soignant s'arrête, et me chuchote :

– Vous avez la braguette ouverte.

L'urologue passe en coup de vent, à la bourre, comme d'habitude. On ne se voyait plus, ces jours-ci, lui et moi.

Il jette un dernier coup d'œil à mon dossier, me pose deux-trois questions rapides et, une fois assuré que je pisse comme avant, me déclare d'un ton léger :

– En ce qui me concerne, vous allez bien !

C'est une façon de dire étrange, mais logique. Quelle que soit la sympathie qu'il éprouve pour moi, il me circonscrit néanmoins à un tout petit périmètre : la vessie, la biroute et l'urètre.

L'orthopédiste s'occupe de la charpente ; le neurologue, de l'électricité.

Mon urologue est dans l'écoulement des eaux.

Ne pas parler plomberie avec son carreleur, c'est le début de la sagesse.

Les spécialistes sont myopes comme des chaufferettes, ils voient leurs malades de trop près et ne les considèrent que par rapport à l'endroit qu'on leur met sous le nez.

Triste vie pour les proctologues.

– Il s'en va bientôt, ce monsieur ?

– Oui, et « il » n'est pas mécontent de partir, je vous assure.

La dame de service vient reprendre mon plateau de petit déjeuner. Elle se campe devant le lit, se cambre en arrière, les poings dans le dos, vieux réflexe de lombalgique. Elle soupire et enchaîne, joviale :

– Depuis le temps, on doit commencer à languir, chez vous, hein ?

– Pas vraiment, je vis seul.

Elle me regarde, attristée. Elle n'en croit pas ses oreilles.

– Tout seul ? Pas de famille, pas d'enfants ?

– Eh non, tout seul.

Elle continue, incrédule :

– Même pas un chien, un chat ?

Je sens que je représente pour elle le fond du fond de la misère humaine.

Pas d'enfant, ni de chien, ni de chat.

Putain. Le chat.

Ça me revient d'un coup.

Ce foutu gros chat gris aux oreilles dentelées qui s'est installé chez moi, avec sa panoplie de ronrons, de coups de tête sous mon menton et de piétinements obstinés sur mon ventre. Je l'ai récupéré il y a peut-être deux mois, au bas de mon immeuble, maigre comme un clou. Je ne sais pas pourquoi je l'ai laissé me suivre dans l'escalier, celui-là. Peut-être sa façon de me dire Mrrrmaouwww ? Aussitôt dans l'appartement, il s'est jeté sur mes sardines en boîte avec un bel entrain, et puis il a fini mon haricot de mouton, les haricots compris, ce que j'ai trouvé bizarre. Il a fait le tour du propriétaire, d'un air très circonspect. Enfin, il a choisi *ma* place sur le canapé et il s'est mis à poufigner sur place, tête baissée et regard concentré.

Ça m'a fait réfléchir, je me suis dit que je n'allais pas m'encombrer d'un animal – non, non – j'avais vécu sans ça jusqu'à soixante-sept ans, pas la peine de changer les bonnes habitudes. Je n'avais qu'à le mettre dehors. J'ai joint le geste à l'intention, j'ai ouvert ma porte, et hop !

Le rougnous ne l'entendait pas de cette oreille, il m'a joué la sérénade pendant deux heures, sur le paillasson, d'une voix puissante de tigre. Je suis allé le remettre dans la rue. Il a patienté jusqu'à ce qu'un voisin ouvre la porte de l'immeuble, et il est remonté aussitôt devant chez moi. Il m'a refait son cinéma. J'ai cédé.

Je l'ai gardé, je l'ai appelé la Guenille.

Je nous ai trouvé un air de ressemblance, son côté mal léché, râleur, jamais content.

C'est à cause de lui que j'étais sur ce pont, le soir de l'accident, je le sais, maintenant.

Ce matou était plus collant qu'une fille amoureuse, il me suivait partout, je devais le surveiller pour qu'il ne sorte pas en même temps que moi quand je quittais l'appartement.

Ce soir-là, j'ai descendu les ordures avant d'aller me coucher, vers une heure du matin. J'oublie toujours de le faire avant. Le chat m'a suivi sans que je le voie et, juste au moment où je m'en suis aperçu, il s'est fait choper sur le trottoir par un énorme chien à qui j'ai balancé un grand coup de sac poubelle sur la truffe, au grand dam de son maître ; mais le mal était fait, la Guenille était très salement amoché.

Le proprio du chien a été correct. Comme il n'était pas garé loin, il m'a proposé de m'emmener chez un véto. Les vétos de garde, les nuits du dimanche au lundi, à cette heure-là, ça ne court pas les rues. J'ai dû passer dix coups de fil et tomber sur neuf répondeurs. Enfin, je sais que j'ai réussi à en dégoter un, pas trop loin de chez moi – coup de bol – même si je ne me souviens plus du nom ni de l'adresse. Le type m'a embarqué dans sa voiture, sous l'œil maussade de son clébard, qui m'aurait bien arraché un mollet, avant d'achever la Guenille, qui était en train de crever, une plaie béante au ventre.

Je crois me rappeler que le véto était jeune, j'ai le vague souvenir d'avoir poireauté très longtemps dans sa salle d'attente, et puis d'être reparti chez moi à pied, et sans mon chat.

Ce soir-là, je rentrais donc de chez le vétérinaire.

Sans ce foutu chat, je ne serais jamais passé sur ce pont, ni par-dessus la rambarde, je ne serais pas rapiécé comme un bleu de travail.

Voilà ce que ça rapporte quand on aime les bêtes.

Fin du mystère.

À ceci près que je ne sais pas du tout ce qu'il est devenu, le vieux camarade.

Ce soir, un mail de Nathalie, la compagne de Serge.

Comme promis, elle vient me donner des nouvelles rapides, l'opération a eu lieu ce matin, elle s'est passée aussi bien que possible, mais c'est encore trop tôt pour savoir.

Serge a un peu tardé à se soigner, apparemment il était temps qu'il se fasse opérer. Il aura besoin de beaucoup de repos.

Elle me tiendra au courant.

Avant l'intervention, il lui a demandé de me faire passer un petit mot, qu'elle me colle au bas de son mail :

Salut mon pote,

Un joyeux assortiment de citations avant d'aller me faire charcuter (demain matin, putain, ça me fout les jetons !) :

« *Mieux vaut mourir couvert de sang que de mourir dans un lit couvert de pisse.* » – *Randall Wallace*

« *Partir, c'est mourir un peu, mais mourir, c'est partir beaucoup.* » – *Alphonse Allais*

« *La médecine fait mourir plus longtemps.* » – *Plutarque*

Et celle-là, pour le dessert :
« *La santé est un état précaire qui ne laisse rien présager de bon.* » – *Jules Romains*
On en reparlera devant un confit d'oie, je persiste et je signe.
Serge

Je réponds à Nathalie, que je ne connais pas, et je lui renvoie un message pour Serge, à lui remettre lorsqu'il sera en état de me lire :

Salut l'ami,

En réponse à la dernière citation de ton petit florilège optimiste, voici une autre pensée que je trouve assez guillerette :
« *La santé, c'est ce qui sert à ne pas mourir chaque fois qu'on est gravement malade.* » – *Georges Perros*
Bonne santé, l'ami !
Moi, je sors de l'hosto mercredi, j'attends de tes nouvelles.
D'accord pour le confit, et c'est moi qui vais le faire.
Je t'embrasse,
Pierrot

– Mon jeune ami, on me libère mercredi, vous pouvez vous frotter les mains, nous dînerons bientôt au *Chapon Déluré*!

– Je m'y prépare : je jeûne depuis trois jours.

– Je crains que ce ne soit pas suffisant. Persévérez un peu.

– Ne vous en faites pas, je suis un opiniâtre. Vous aurez besoin de quelqu'un, pour rentrer chez vous, mercredi ? Suivant l'heure, je pourrai peut-être vous emmener, n'hésitez pas, surtout, vous avez mon portable.

– Me faire raccompagner à mon domicile par la police après six semaines d'absence inexpliquée ?... Rien que pour voir la gueule de mes voisins, j'avoue que ça me tente...

– Je peux même balancer un petit coup de sirène en arrivant au pied de votre immeuble, si ça vous fait plaisir.

– Tttt ! Ce serait de la gourmandise. Non, non, tant pis, allez, je prendrai un taxi.

Je lui rends le Ken Follett, je lui promets un Umberto Eco qu'il n'a pas encore lu.

Je dis :

– Le gamin m'a rendu les clés.

– Ah ? Et alors, il va squatter chez vous, finalement ?
Qu'est-ce qu'il vous a dit ?

– Absolument rien, il a laissé les clés à l'accueil.

– Oh ?

– Oui.

– Bah, c'est peut-être mieux comme ça, vous savez. C'était
sympa de votre part, mais bon... Un peu risqué, malgré tout.
Vous ne lui devez rien, à ce gosse.

– À part la vie. Mais pour ce qu'il en reste, ça ne fait pas
une grosse dette, c'est sûr.

Il se marre, cet imbécile.

Il me montre un sac en plastique qu'il a posé sur la table en
face de mon lit, en entrant.

– Vous avez un lecteur DVD, j'espère ?

– Absolument ! Aussi incroyable que ça puisse paraître, les
nouvelles technologies sont parvenues jusqu'à moi.

– Je vous ai apporté quelques films, vous me les rendrez au
restau, ou plus tard. Vous verrez, ils sont excellents !

Je lui promets en retour une collection de vieux films amé-
ricains des années 40 que l'on peut *aussi* écouter en anglais, si
on y tient absolument.

Il prend congé, on se dit à bientôt.

Le plateau repas arrive, endives au jambon, haricots verts,
yaourt nature.

Finalement, l'hosto me donne un coup de jeune : si je fer-
mais les yeux, je me croirais en colo.

– Alors vous nous quittez ?

– Oui, je pars à 14 heures. Croyez bien que ça me navre de me passer de vous, Aurore boréale !

– Tatata, vous pensez que je vais vous croire ? Vous serez bien mieux chez vous, va !

Myriam pioche dans la boîte de chocolats que j'ai chargé Maxime d'acheter pour elle. Elle fait Mmmmmmmhh ! d'un air épanoui, les yeux fermés, puis me tend l'assortiment avec un petit clin d'œil, comme si elle suggérait une pause coquine.

Il faut se rendre à l'évidence, la plupart des femmes n'ont pas besoin de nous : un ballotin de chocolats leur suffit amplement à remplacer l'orgasme.

Je pioche à mon tour. Elle approuve mon choix d'amateur éclairé.

– Merci, en tout cas. Ça fait vraiment plaisir. Ce n'est pas tous les jours qu'on a des cadeaux de la part des malades, vous savez. Quelqu'un vient vous chercher, tout à l'heure ?

– Non, je vais prendre un taxi.

– Pour la rééducation, vous avez bien pensé à prendre vos rendez-vous, hein ?

Je lui confirme que j'ai un agenda de ministre, à présent. Kiné, piscine, rendez-vous avec le chirurgien, pour le suivi de l'opération ; radios de contrôle, dans trois mois…

— Vous allez me manquer, j'en ai pas si souvent, des patients comme vous ! Allez, va, je vous fais la bise !

Elle me serre dans ses bras, me plaque un gros poutou chaleureux et sincère, je me sens touché, d'un coup. Je deviens émotif, quelle poisse.

On naît roseau, on devient chêne, et on finit bois de balsa.

Le téléphone sonne. Maxime au bout du fil.

– Ah, j'avais peur que vous soyez parti ! Je n'ai pas eu le temps de passer à l'hosto, désolé, mais je voulais vous dire que j'ai fait ma petite enquête, ça y est.

– Ah bon, déjà ?

– On est flic d'exception, ou on ne l'est pas...

– Alors ?

– Alors, il s'appelle Delaroche, il est au 38 rue des Grèves, ce n'est pas bien loin de chez vous, en effet. Il a sauvé le chat, mais comme vous ne veniez pas le reprendre, il l'a confié à une association du quartier, Les p'tits matous, boulevard Magenta. Le chat vous y attend, si vous le voulez toujours.

– Vous plaisantez ou quoi ? Des semaines d'hôpital, de sévices divers et de yaourts nature, une canne pour des mois, de la rééducation... Vu ce que m'a coûté ce greffier, je ne vais pas le laisser à un autre.

– Et ce n'est pas fini, vous allez recevoir la facture du véto, il en a profité pour me demander votre adresse. J'espère pour vous que c'est un chat de race, vu l'investissement.

– C'est un pur gouttière-en-zinc de la meilleure lignée, vous verrez quand vous passerez me prendre pour aller au restau.

– Je serai ravi de faire sa connaissance ! Il s'appelle comment, Pompon ? Pépette ? Mistigri ?

– La Guenille.

– Ah oui, pas mal ! Moi j'ai appelé mon chien la Crevure. Bon, je vous laisse, j'ai du boulot.

– Et moi, je vais descendre attendre mon taxi.

Je boucle la valise. Un dernier regard pour la chambre. J'en ai fait, des rencontres, ici !

Une jeune mère de quatorze ans, un tapin diplômé en fac, un flic sentimental en recherche de père, un chirurgien antipathique, une infirmière philosophe, un kiné optimiste, un neurologue dépressif, un urologue débordé, des infirmières de nuit, de jour, des aides-soignantes pressées et des dames de service qui l'étaient rarement, une élève infirmière.

Un vrai poème à la Prévert.

Il fait un temps de merde, le taxi sentait le chien mouillé et le hall de l'immeuble est froid comme une tombe.

Je réalise, en montant l'escalier avec peine, que je n'ai sans doute rien à becter chez moi et que je n'aurai pas le courage de pousser mes béquilles jusqu'à la supérette. Trois étages sans ascenseur avec une patte raide, ça ne va pas m'amuser tous les jours, je le sens.

L'appartement est sombre, les rideaux sont tirés. Ce doit être Camille qui les aura refermés après sa visite, ou peut-être mon frère. Je laisse toujours tout ouvert, d'habitude.

Je boitille jusqu'à la cuisine, j'ai soif. Une petite bière ?

Comme je m'y attendais, le frigo est plein de courants d'air qui passent en hululant entre les trois clayettes vides. Deux tomates moisies, un reste de poulet sec comme une momie, du beurre rance, des yaourts périmés, trois canettes. Les placards ne sont pas beaucoup plus accueillants : biscottes, café, pâtes et lentilles, les sardines de la Guenille, deux bouillons cubes qui se battent en duel, de la sauce tomate et un paquet de chips. De quoi tenir un siège d'au moins une semaine. Il manque seulement la fiole d'arsenic, ou la boîte de mort aux rats.

Je vais dans le séjour, j'ouvre les rideaux en grand.

Sur la table, il y a une bouteille de vin blanc cacheté. Sous la bouteille, une feuille de classeur perforée. Un petit mot laconique :

Si vous achetez la peinture, je referai ma chambre. Du blanc, ça vous irait ?

Camille

Du blanc ? Très bonne idée.

Je vais m'en servir un verre.

Ouvrage réalisé par Cédric Cailhol Infographiste
Achevé d'imprimer sur Roto-Page en août 2014
par l'Imprimerie Floch à Mayenne.

Dépôt légal : mars 2012
N° d'impression : 87244
ISBN : 978-2-8126-0349-5

Imprimé en France.